主编◎洪军

名人笔下的

大明寺

南方出版社

·海口·

图书在版编目（CIP）数据

名人笔下的大明寺 / 洪军主编. —海口：南方出
版社，2023.8
ISBN 978-7-5501-8447-3

Ⅰ.①名…Ⅱ.①洪…Ⅲ.①散文集－中国－当代
Ⅳ.①I267

中国国家版本图书馆CIP数据核字（2023）第132379号

名人笔下的大明寺
MINGREN BIXIA DE DAMING SI

主　　编：洪　军
策　　划：能　修
统　　筹：王根宝　胡克明
责任编辑：段春英
出版发行：南方出版社
邮政编码：570208
社　　址：海南省海口市和平大道70号
电　　话：（0898）66160822
传　　真：（0898）66160830
经　　销：新华书店
印　　刷：三河市同力彩印有限公司
开　　本：787mm×1092mm　1/16
印　　张：6.5
字　　数：84千字
印　　数：1—3000册
版　　次：2023年8月第1版
印　　次：2024年8月第2次印刷
定　　价：30.00元

（本书部分文字作品稿酬已向中国文字著作权协会提存，敬请
相关著作权人联系领取。电话：010-65978917，传真：010-
65978926　E-mail：wenzhuxie@126.com。）

目 录

鉴真，一位值得永远纪念的人物

叶小文

今天，我们在扬州大明寺，隆重纪念鉴真大师东渡日本 1250 周年。我代表国家宗教局，并受朱维群副部长的委托代表中央统战部，讲几句祝贺和纪念的话。

邓小平先生对宗教人物少有评论，但对鉴真却特别说过这样的话："在中日人民友好往来和文化交流的历史长河中，鉴真是一位作出了重大贡献，值得永远纪念的人物。"公元 753 年，鉴真成功东渡，成为"中日两国关系的盛举"，值得我们纪念。公元 1963 年，鉴真圆寂 1200 周年，中日两国分别举行隆重仪式，没有忘却纪念。公元 1980 年，鉴真像荣归故里，成就"千载一时的胜缘"，更是隆重的纪念。今天的大会，"万绿正参天，好凭风月结来缘"，表达着我们永远的纪念。

在人类历史上"值得永远纪念的人物"，是那些具有终身奉献精神的人。法显、玄奘大师远涉流沙，策仗西征，为的是舍身求法。鉴真大师劈波斩浪，六次东渡，为的是舍身送法。如果说求法是一种获取，一种拥有，送法则是一种给予，一种奉献。求法不易，送法更难，这一求一送，一西一东，生动地体现了佛教高僧们奉献天下的博大胸怀。鉴真大师以普度众生为动力，以慈悲喜舍为愿力，以勇猛精进为助力，不仅将佛法送到日本，还将我国盛唐时代的建筑、雕塑、绘画、书法、文学、印刷、医药等文化和科学技术带到日本，推动了日本文化的发展和科技的进步，被日本人民誉为日本律宗的开山祖、医药的始祖、文化的恩人。中日两国虽"山川异域"，但"风月同天"，自古以来就有许多纽带把中日两国紧密联系在一起。而所有这些纽带中，有一条法乳一脉、源远流长的纽带，这就是两国许多民众信奉的佛教，赵朴初称之为"黄金纽带"，在这条至今熠熠发光的金纽带上，鉴真大师不愧为永远璀璨夺目的明珠。

在人类历史上"值得永远纪念的人物"，是那些具有超越时空价值的人。鉴真演奏出的超越时空的第一乐章，是对中国与日本和睦相处、世代友好的赞颂和希望。今天，响应这位历史伟人的期望，就应该有赵朴初"看尽杜鹃花，不因隔海怨天涯，东西都是家"的俳句所体现的胸怀；就应该有胡锦涛同志最近会见小泉纯一郎首相时的谈话所展示的境界，这就是："推进新世纪中日关系发展，要以史为鉴，面向未来，着眼长远，筹谋大局，共同推动中日睦邻友好关系长期稳定健康发展。特别是要慎重处理历史问题，千万不要再做伤害战争受害国人民的事。"善哉此语，切切此言！鉴真演奏出的超越时空的第二乐章，是对佛教事业生生不息、龙象辈出的赞颂和希望。我们欣喜地得悉，今天鉴真学院即将奠基。这是一所以培养中国佛教国际文化交流人才为宗旨的佛学院。中国佛教、中华文化走向世界，传播友谊，广结善缘，离不开直接的语言交流。参禅司道可以直指人心，默默无语，但与外国人打交道却不能不懂外语，不讲外语。我很高兴地看到鉴真学院将办成一所培养中国佛教外语专业人才的学校。相信出自"鉴真学院"的佛子、学子，将不仅善念、善解佛经，也有一口流利的好英文，更具"是为法事也，何惜身命"的鉴真精神，为全面建设我国的小康社会，为中日韩三国佛教的"黄金纽带"，为五洲四海的佛教友好交流，作出可圈可点的历史贡献，结出值得纪念的善缘妙果。

各位高僧，各位朋友：我们天各一方，今天却聚集扬州，为的是来纪念鉴真。鉴真的精神必会薪火相传。在我们的时代，在我们中间，也会涌现出不仅能做一两件好事，而且具有终身奉献精神的人；涌现出孜孜以求、锲而不舍，为祖国统一大业，为中华民族伟大复兴建立功业的人；涌现出殚精竭虑、鞠躬尽瘁，为中日世代友好，为人类和平安宁而演奏出超越时空乐章的人。当他们涅槃之后，就像今天我们纪念鉴真一样，后人在他们的陵墓前，也会满怀无尽的思念，流下崇高的眼泪。

2003 年 11 月 23 日

注：国家宗教局局长在纪念鉴真东渡成功 1250 周年讲话。

（原载《江苏民族宗教》，2003 年 12 期）

作者简介：叶小文，综合开发研究院（中国深圳）理事长，中国人民大学博导。曾任国家宗教局长，中央社会主义学院第一副院长，十八届中央委员，十七届中央候补委员，连任九至十三届全国政协委员。出版著作近二十本。

弘扬东渡精神　共创美好未来

星　云

　　我们今天举行纪念鉴真大师东渡日本成功 1250 周年纪念大会，一是怀念鉴真大师给我们的源远流长的历史以及贡献，一是这里要开办鉴真学院，为了鉴真大师，这至少是一部未来的辉煌的佛教历史。

　　叶局长提示鉴真学院的未来要加强语言的教育，尤其是国际语言，让所有的中国有缘人都能会说英文，会说日文，由于这样的关系，我临时请出讲日文的、讲英文的，来作一个示范，响应我们叶局长的号召。

　　在我们中国的佛教历史上，有两个出家的大师和尚，他们不但爱国，是爱国僧人，而且为我们国家作了国际贡献。一位是唐三藏玄奘大师，他到印度去，不但把印度的一些佛经、文化带回了中国，而且把中国的老子《道德经》翻译成梵文，也传播到印度，可以说，他为国家争得了光荣。一位就是我的前辈鉴真大师，他东渡的艰难困苦，取得了种种成就，尤其是日本的建筑、服装、文字、绘画、医药，都受到鉴真大师的影响，他不但树立了日本的戒坛，传授戒法，维系了日本一千多年来的成长，而且把我们中国文化传到了日本甚至影响到了韩国。正如叶局长所说，中日两国自古以来就被一条法乳一脉、源远流长的纽带连在一起，希望这种友好的关系，可以再继续。

　　唐三藏玄奘大师，他是 12 岁出家的，我本人也是 12 岁出家的，但是，我们的前辈鉴真大师，他 11 岁就出家了，他比玄奘大师还要早出家一年。我经常坐在飞机上想，我也在全世界许多州道弘扬佛法，但是比起前辈鉴真大师六次东渡的那种艰难辛苦，我能抵得上他的百分之一吗？想想很惭愧。所以这一次鉴真大师东渡成功 1250 周年纪念，我是诚心诚意要想回来对我的前辈长老表示万分的敬意！

过去有些纪念会，都是缅怀历史，而这一次，除了缅怀历史以外，给我们一个希望，就是即将奉国家宗教事务局的指示，创办鉴真学院，尤其是刚才叶局长发言中提到的要加强国际语言教育。我这一次从台湾经过美国、南美洲、巴西、智利，又回到美国，辗转再到扬州。看到扬州、江都这里的道路如此通豁、宽敞，可以说我在全世界各大城市都没有见到这个样子。所以未来的扬州，不但因为鉴真大师的缘故在这里办一个学院，对语言在国际上的流通，就是道路，今后也成为世界的都市可以值得借鉴、观光的一个地方。所以，我很希望扬州不但是我的故乡，也是很多旅外扬州人的故乡，今后可以发挥我们扬州的精神、扬州的佛光。

扬州出莲藕。莲藕，有丝有节，它有丝，可以连通；它有孔，可以通达。所以我希望我扬州，今后在全世界，跟大家都有联系，都能交通。

　　我的前辈——伟大的鉴真大师，在成就光荣。我星云，作为后辈，站在这个台上，也希望我们所有的国民，学习鉴真大师，大家一起共同敬国爱国，建设新中国，建设新扬州，我们对各位领导非常地感谢，辛苦你们了。谢谢！

2003 年 11 月 23 日

　　注：纪念鉴真东渡成功 1250 周年讲话。

（原载《纪念鉴真东渡成功1250周年》，扬州市宗教局编，2004年1月）

　　作者简介：释星云（1927 年 8 月 19 日—2023 年 2 月 5 日），江苏江都人，12 岁在南京栖霞寺出家，1947 年从焦山佛学院毕业，1949 年迁居台湾，1967 年在高雄开创佛光山。中国台湾佛光山开山宗长。

扬州雨

（日）井上靖

　　我的小说《天平之甍》，现在改编成话剧公演了，是由河原崎长十郎先生担任导演和主演的。作品的主人公是为传授戒律渡海到日本，后来成为唐招提寺开山祖的鉴真法师。

　　鉴真赴日前，住在扬州的大明寺。《唐大和尚东征传》上记述这位高僧为"江淮化主，兴建佛寺，济度群生，其事繁多，不足俱载"。

　　我拜访鉴真居住的扬州大明寺，是昭和三十八年秋天，不觉已经过了十年的岁月。当时同行的有大西良庆、安藤更生、宫川寅雄先生等，其中安藤更生先生已经故去。

　　那天，我们由南京出发，渡过长江到浦口，从那里乘汽车，一路颠颠簸簸，约莫跑了四小时以后便进入扬州市。

　　唐代的扬州是一个大的地方城市，当时有"扬一益二"（扬州第一、成都第二）的说法。"春满扬州二十四桥"，"二十四桥赤栏新"，这些诗句都是描绘这座美丽的运河城市的胜景的。如今，昔日的繁华已经消失，也没有什么东西十二衢和二十四桥了。它变成了一座幽静的古城，运河的支流布满了城市四周。

　　街衢的模样也和唐时迥然不同。鉴真住过的大明寺，改名法净寺，仍然坐落在原先那座小山上，这是值得庆幸的。我们登上了那条一千二百年前日本留学僧走过的山路。鉴真圆寂一千二百年纪念会，是在寺庙旁的"平山堂"内举行的，有三百多人参加。

集会一开始，碰巧下起雨来，雨水从寺院内的葡萄架和茂密的草木上倾泻下来。当时有一种思绪激励着我，为了更好地描述来访的日本青年僧人，我应该把大明寺的这个雨景写进《天平之甍》啊！

这次演出《天平之甍》，舞台上出现了大明寺。这是全剧中重要的一场，表现了鉴真对日本青年僧人的热情激励，发愿渡日的动人场面。

我一看到这场戏，就想起大明寺的雨天来。我想，也许应该请导演河原崎先生和编剧依田义贤先生把这场雨写进戏里去。

至于日本僧人同鉴真初次会面是否碰到下雨则无从判断，这仅仅是我当时的心情，因为我访问那里的时候，正赶上大雨滂沱。大概扬州本来就是一个多雨的地方吧。小川环树先生在《唐诗概说》一书中曾经介绍过这样的诗句："鸬鹚山头微雨晴，扬州郭里暮潮生。"

鉴真是历尽千辛万苦才到达日本的，他来时已经盲目，一直住在奈良，始终未能到日本各地亲眼看一看。

我想，在鉴真已经失明的双眸里，也许时时映照着扬州城的影像吧。他在奈良不是也曾经回忆起扬州雨天的情景吗！我记起了芭蕉称誉鉴真的诗句："新叶滴翠，目既瞑，人无悔，为君拭去眼中泪。"

想到这里，我感到鉴真庄重的面影似乎正在静静地倾听着雨声呢。

（原载《天平之甍》，江苏人民出版社 1978.12）

作者简介：井上靖（1907 年 5 月 6 日—1991 年 1 月 29 日），日本作家、诗人和社会活动家，曾任日中文化交流协会常任顾问，著有以西域为题材的作品《楼兰》《敦煌》《丝绸之路诗集》等。

来到了鉴真大师的故乡

（日）森本孝顺

我们这次护送鉴真大师像到上海机场时，正下着大雨。但出乎意料地受到了隆重欢迎。我深深感到中国人民把我们当作从日本来的亲人一样热情地接待了我们。印象特别深的是，一下飞机，有个小男孩献给我一束鲜花。接着他拉我的手走了一段路。就是在这时，我似乎把他认为是我的孙子来迎接我，顿时心情非常激动。更为吃惊的是，在机场候机室里，有 20 多位僧侣也在端正庄严地等待着我。因为我原来听说中国僧侣少了，所以连做梦都没有想到我会受到如此隆重的欢迎。赵朴初先生也到机场迎接。我在日本听说他近来身体不佳，所以心里特别感动。赵朴初先生还陪我乘车连夜前往扬州。由于下雨，天气较冷，行车中赵先生递给我早已准备好的毛毯，我对他如此热情的照顾不胜感谢。

过镇江后，一大群中、小学生载歌载舞地欢迎我。以前我是一个老是欢迎别人的人，这次我却有生以来第一次受到如此盛大的欢迎。我们乘坐的车辆越靠近扬州，欢迎的人群就越多。沿途正在田里劳动的农民，看到我们后，从油菜花里、从麦田里拼命向我们车队奔跑来的动人情景，就像是一幅幅美丽的图面，铭刻在我的脑海中。

我在大明寺受到的欢迎盛况更是空前的。在石台阶上，站满了手持中日两国小旗和花束的学生们。这种场面，我曾在影片中看到过，但亲

身体会到的还是第一次。我想这是我分享到了鉴真大师所受到的隆重的欢迎。我该怎样报答这些群众呢？

　　我第一次参拜大明寺。大雄宝殿正如想象中那样宏大。鉴真纪念堂位于大雄宝殿东侧的后面，既与周围的建筑谐调而又壮观优美。起初，我感到屋脊两端的鸱尾稍显大了些，但后来仔细琢磨，它与整个建筑是相称的。我从日本带来的石灯笼稍大些，但安装后，幸而与雄伟的鸱尾还算谐调。我还给大明寺带来了樱花树苗。在日本一般要在3月中旬以前栽培，否则难以成活。为此，来扬州前，我把樱花树苗放在唐招提寺的冷藏室加以冷却、密封，以免发芽。带到扬州，于4月15日栽植后，现已发芽，我才松了一口气。我相信这些樱花树苗将作为扬州的樱花树而象征着日中友谊的日益巩固而苗壮成长。

　　这次来华的日本僧侣包括我在内共6人，都是来自与鉴真大师因缘很深的寺庙。如清水公照长老的东大寺，是鉴真大师东渡日本后最初居住的地方；多川乘长老的兴福寺，是当时邀请鉴真大师赴日的荣睿法师居住过的地方；河野清晃长老的大安寺，是普照法师居住过的地方；西大寺里的八角九重塔，据传是由鉴真大师的弟子思托所建；小松道圆长老的泉涌寺，是传授鉴真大师的《四分律》的地方，与唐招提寺有着亲戚般的关系。我相信这次理随鉴真大师像来中国的僧侣，是最有身份，地位，也是最合适的。

自从到达中国以后，连日来到处都受到热情的款待，实在感谢万分。在扬州展出期间，大明寺接待了十几万观众。我对江苏省暨扬州市欢迎委员会，对为向全中国作电视及新闻报道而辛勤工作的朋友们，对为搬运鉴真大师像到扬州的上海的朋友们，以及对赵朴初先生为首的中国佛教协会各位先生们的款待，深表谢意。

1980 年 4 月 25 日于扬州大明寺

注：作者为日本唐招提寺第八十一代长老

（原载《人民日报》，1980.4）

作者简介：森本孝顺，日本唐招提寺第八十一代长老，1980 年 4 月护送鉴真大师坐像回扬省亲，赠予鉴真纪念堂石灯笼，著有赞颂鉴真大师的诗文若干。

访鉴真故居

王西彦

> 上德乘杯渡，金人道已东。
> ——思托：《伤鉴真和尚传灯逝》

看到报载日本唐招提寺鉴真和尚的真像将要回国"省亲"的消息，不禁使我回忆起几个月前访问扬州鉴真故居的情景。

扬州西北郊有座叫作"蜀冈"的名山。据李斗《扬州画舫录》中所引资料说："蜀冈上自六合县界，来至仪征小帆山入境，绵亘数十里，接江都县界。"又说："旧传地脉通蜀，故曰'蜀冈'"又说："谓独者蜀，虫名，好独行，故山独巨蜀'"。说蜀冈的地脉远通四川，未免夸大，似应相信它以"独行之山"得名的说法。山有突起的三峰，最高的东峰为观音山，西峰是司徒庙，和观音山对峙的中峰则有万松岭、平山堂和著名的法净寺。这个古寺的闻名于世，除了它是南朝宋孝武帝时所建造，历史很悠久，更由于唐代高僧鉴真和尚曾在这里当过住持，他东渡日本传教讲法的事业，就开始于这个地方。关于鉴真六次东渡的故事，我曾读过一些历史记载，包括现代日本作家井上靖的中篇小说《天平之甍》，对鉴真和尚无视海上的恶风险浪、坚持为理想而奋斗的献身精神，怀有很高的尊敬；因此，一到扬州，就去访问了法净寺。

是立夏节后一个多云的日子，正当我们的车子停在寺前的空坪里，阳光刚好透出薄薄的云层，寺院周围的葱茏古木，顿时闪发出一片眩眼的金光。同行的一位本地朋友指着大门上的匾额，给我讲述起这个古寺的历史，说是它建立于一千五百多年前的大明年间，原叫"大明寺"，直到清代初年才改成现在的名字，那自然是因为，对当时的统治者来说，"大明"二字是一种忌讳。进入大门，这位朋友又解释说，和其他所有古寺一样，这个古寺也有着它的漫长经历，光是清代，就经过顺治、康熙、雍正、乾隆四朝的修建；但至今仍然保持着寺宇和塑像的完整，却叨光于鉴真和尚享有日本人民对他的崇仰，使它避免了抗日战争时期的破坏。我们参观了前殿和正殿，就去看访年近八旬的住持能勤法师。这位老法师住在寺院东侧一座精致而幽静的小楼上。我们被延请到二楼洁净的会客室，看到墙壁上悬挂着郭沫若、陈垣、楚图南、林散之和赵朴初等著名书法家的字幅，好像走进了一位学者的书斋。我们跟这位老法师虽是初次晤面，却一见如故，略一寒暄，就热烈地谈起话来。不久前，能勤法师参加中国佛教协会访问团，在团长赵朴初同志的率领下访问了日本。他是出家人，年事已高，但有识见，善谈吐，精神矍铄，出言诙谐动听，访问团访问了日本的东京、大阪等好几个城市，建有唐招提寺的奈良自然是个重点。他们受到日本僧俗人士异常热情的款待，尤其是对他这个从法净寺去的鉴真和尚的后继者。他说了好几个日本人民崇仰鉴真恩德的动人故事，说直到现在，人们还尊称这位舍身为法的圣僧为"大和尚"，甚至豆腐坊也奉之为祖师。他又说了奈良唐招提寺的金堂和佛像，佛教信仰在日本人民中的巨大影响。我们的谈话也不限于佛教的范围，老法师忽然赞颂起日本各大城市的管理制度。看起来，这个资本主义国家近十多年来的经济发展，给了他很深刻的印象。可是，即使只是走马看花式的访问，这位老法师也有他颇为锐利的眼光，在繁荣的物质生活的享受中，看到了隐伏在日本人民心头的恐惧感——恐惧石油供应的匮乏，恐惧生产机械化所招致的失业现象……，在说这些话时，坐在我们面前的，已经不是一位虔诚的高僧，而是观察深刻的经济学家兼社会学家了。

谈话告一段落，老法师陪同我们下楼参观陈列室。原来这座小楼就是新建鉴真纪念堂的组成部分，我们是从后门进入的。陈列室里有许多关于鉴真生平事迹的历史文献，画片图表，东渡时带往日本的药物标本，以及日本来访者的题字，包括能勤法师访日时带回国来的大量礼品，还有一本特别珍贵的保留访问团活动照片的纪念册。从它们，你可以看到鉴真和尚用最虔诚的宗教信仰和最坚韧的意志力量栽培起来的民族感情的花朵，是怎样的源远流长，永不凋谢。

离开陈列室，我们从寺院的另一个侧门，去参观纪念堂的碑亭和正殿。纪念堂是一个不大的建筑群，为了纪念鉴真逝世一千二百周年，兴建于一九六三年。它的体制，参照鉴真建造在日本奈良的著名唐招提寺。我们走进旁边列有石鼓、上面悬挂匾额的门厅，就看到碑亭里那块引人

注目的卧式纪念碑。据说，碑下那个须弥座，是仿照南京栖霞山的唐代遗物刻成的。碑的正面是郭沫若题的"唐大和尚鉴真纪念碑"九个笔触豪放的大字，阴面是赵朴初撰写的碑文，热情颂扬了中日两国人民千百年来的友谊。正殿和两边的长廊，既保持了唐代的建筑风格，又显示出扬州的地方特色，柱、梁、坊、栱都是木材本色，在白垩墙壁的衬托下，给人一种朴素肃穆的感觉。正殿正中，是一尊楠木雕制的鉴真和尚坐像。据《天平之甍》里的描绘，鉴真是一位"骨骼粗壮，身材魁梧"的人物，但这尊按照唐招提寺的真像摹刻的坐像，大概由于真像是鉴真七十六岁圆寂时塑造的，或者是古人的身量原就没有现代人高大的缘故吧，显得比较瘦小，不禁使我惊讶于在这小小的体躯里，竟然蕴藏有这样充沛的热情和坚韧的意志。我久久地站在坐像前面，缅怀着这位毅力惊人的高僧所完成的稀世业绩。

鉴真和尚是唐代一位很有学问的律学大师，被称为"鉴真独秀"。当时，京都长安是全国政治文化中心，也是宗教中心，唐初就陆续有外国僧侣前来。贞观年间玄奘从印度回国后，在长安广译经典，对僧侣们的吸力就更大了。外国僧侣中，日本的最多，他们有留住中国达三四十年之久的，有的还在宫廷里做了官。开元年间，日僧荣睿、普照来中国学法时，邀请鉴真去日本传经。可是，苍波渺漫，万里涉海，谈何容易？从天宝元年起，十一年间，一共启航五次，不是木船被风浪击毁，就是遭官府的禁止和众僧的拦阻，都告失败。第五次东渡未成时，他因打击过大，加以漂流岭南，暑热熏蒸，以致双目失明。但鉴真毫不灰心，于天宝十二年十月间，以六十六岁的高龄，第六次从扬州出发，终于在年底到达日本，实现了他多年的宏愿。井上靖的小说里，描叙天宝元年十月间日僧荣睿和普照到扬州大明寺会见鉴真，请求他推荐去日本施戒的传戒师，当他向众僧征询意见，有僧人以"去日本须渡过浩渺的沧海，百人中无一人得渡"的理由推辞时，鉴真回答道："为了佛法，即使浩渺沧海，也不应恋惜身命，你们既然不去，那么，我去吧。"下了这样的决心，他就历尽艰险，也绝不动摇。天宝七年航海失败后，日僧荣睿病逝端州（广东高要），普照信心动摇，年过六旬的鉴真的视力也剧烈衰退，但他说："我发愿去日本传授戒律，已经下了几次海，不幸至今仍未踏上日本国土，但这个心愿，总有一天要实现的。"不久，他的双眼就完全失明，弟子祥彦也死在吉州（江西吉安）。直到五年之后，才获成功。请读一读井上靖的描述吧。鉴真等一行人在天宝十二年十月间从扬州乘回国的"遣唐船"（日本派遣中国使臣的乘船）出发，到第二年夏季，长安传说其中有一条船已经遭难，诗人李白曾写下了题为《哭晁卿衡》一诗，凭吊担任中国使臣的日本友人阿陪仲麻侣，内有"明月不归沉碧海，白云愁色满苍梧"之句。直到第三年六月，幸存者回到长安，知道船漂流到安南海岸，大部分乘客都遭到土人袭击被杀害，或是病死。鉴真、普照和弟子思托等人的另一条船，十二月下旬临近日本国土时，海上的浪涛一直没有平静："船在大浪上缓缓漂流，浪头还是很高"；"在东方的曙光下"，海面上"流动着墨一样的黑潮"；鉴真等人"都像失去了知觉似的仰卧着"，"两天来和大风大浪的斗争，都使他们昏昏睡去了"……

这是怎样惊天动地的精神！

《天平之甍》取材日本真人元开著于鉴真圆寂后不久的《东征传》，与其说是小说创作，毋宁说是历史故事。鉴真到达日本后，天平胜宝七年受命在奈良兴建唐招提寺。竣工时，有一位使臣带回一个中国的"甍"（放在寺庙屋脊两边的鸱尾），写明是送给普照的，被安置在招提寺金堂的屋顶上。这个招提寺，就成为中日两国人民友谊的永久纪念。但使日本人民对鉴真感恩戴德的，不仅是在宗教方面的传经示戒，更在他东渡时给日本带去了盛唐高度成熟的文化艺术，包括文学、绘画、雕塑、书法以及建筑、医药、印刷等等知识和作品。犹如一个最慷慨无私的播种者，把肥美的种子栽植到日本的土壤里，使之开出灿烂的花，结成丰硕的果。

在给纪念堂写了鉴真碑文的赵朴初同志的诗篇中，曾有"振衣蜀冈，千古高踪长怀"之句。我想，这应该是每一个到过鉴真故居的访问者的共同情怀。一千二百多年过去了，日本人民一直保持着对这位盲圣的崇仰。扬州的朋友写信来说，在我访问鉴真故居之后，《天平之甍》的作者井上靖先生也到了那里。在日本，除了小说《天平之甍》的流传，还有剧本的公演和其他形式的纪念活动。鉴真应邀东渡时，曾对日僧提到日本崇敬佛法的长屋王子赠给我国僧衣上面，绣有"山川异域，风月同天"的诗句，说明中日两国的确是兄弟之邦，应该永远友好相处。像鉴真那样一个僧人，为了传播佛法，也为了两国邻邦人民的友好，竟然能做出这样的丰功伟绩，除了他对宗教的虔诚，他为理想奋斗的坚忍意志，我以为给我们最深刻的启示，是他那博大无私的胸怀。一个人的生命很有限，但只要你能摒弃一切利害打算，破除一切地域观念，全心全意为理想奋斗，为人民造福，你就能永生在人民心里，而且随着时间的流逝，岁月的交替，愈益焕发出生命的价值。奈良的唐招提寺和扬州的鉴真故居固然是弥足珍贵的历史纪念物，但如果没有广大人民永怀着对盲圣的感激，恐怕也将失去它们的光彩的吧。

一九七八年九月上海

（原载《现代游记选》，湖南人民出版社）

作者简介：王西彦，浙江义乌人，著名作家、文学教授，曾任桂林师范学院、湖南大学、武汉大学、浙江大学教授，上海作协副主席，中国作协第二、四届理事，著有中长篇小说十多部以及大量的理论研究文章。

大明寺

周 游

一

因为家乡距离大明寺很近，以为什么时候要去就可以去，我们一直拖延着。如果不是台湾大千出版社陈朝栋先生约写《访佛》，我们恐怕还要推迟巡礼大明寺。

大明寺地处扬州城北蜀冈中峰，它以悠久历史和优美环境，依山面水，享有"淮东第一观"的盛名。众多的文物古迹，迷人的山水景观，是集佛教庙宇、文物古迹和园林风光于一体的游览胜地。古往今来，由于君王驾临、高僧辈出、名流云集，香客游人无不流连忘返。这里香火极旺，未入寺门，已是香火味扑鼻了。

嗅着熏香，我们踏进了烟雾袅袅的山门，周围的人影立刻缥缈起来。顷刻之间，耳边有了嗡呔的钟声，由远及近，从容传来。山门是一座庄严典雅的木质牌楼，极为壮观，四柱三楹。中门之上朝南有篆书"栖灵遗址"四字；北有篆书"丰乐名区"四字，丰乐之名源于此地旧属大仪乡丰乐区。据赞宁《宋高僧传》记载："释怀信者，居处广陵，别无奇迹。会昌三年……有淮南词客刘隐之薄游四明，旅泊之宵，梦中如泛海

焉。回顾，见塔一所，东渡见是淮南栖灵寺塔。其塔峻峙，制度较胡太后永宁塔少分耳。其塔第三层，见信凭栏与隐之交谈，且曰：'暂送塔过东海，旬日而还。'数日，隐之归扬州，即往谒信，信曰：'记得海上相见时否？'隐之了然省悟。后数日，天火焚塔俱尽，白雨倾澍，傍有草堂，一无所损。"唐代扬州栖灵寺，即今大明寺，寺始建于南朝宋孝武帝大明年间（公元四五七年至四六四年），因名。隋仁寿年间（公元六〇一年至六〇四年），建塔于寺，塔高九级，名曰栖灵，寺亦因称栖灵寺。后来，历代屡圮屡修。今寺为清同治年间（公元一八六二年至一八七四年）所建，寺内仍存有栖灵寺塔遗址。

塔在梵文中的本义就是坟墓。那么，这究竟是谁的坟墓呢？据《隋书》记载，仁寿元年（公元六〇一年），文帝杨坚下令天下三十州都建塔以供奉如来佛骨，但是经过了漫长的岁月之后，这一记载是否可靠已经难以坐实。不过，公元一九九八年陕西省周至县爆发了一个轰动海内外的新闻：因为黑河引水工程需要迁建的仙游寺法王塔出土了十枚晶莹剔透的舍利！舍利是梵文的音译，其本来的意思是指尸体或尸骨。这个消息证明了史书记载的可信。更叫人惊讶的是，周至县隋塔地宫中还出土了一块石碑，记录着当年建塔的原委。碑文第一句话是："维大隋仁寿元年岁次辛酉十月辛亥朔十五日丁丑，皇帝普为一切法灵，幽显生灵，谨于雍州周至县仙游寺，奉安舍利，敬造灵塔。"既然雍州（今陕西西安）如此，而相当于今天"大上海"的扬州应当也建塔供奉佛舍利。

如此看来，扬州供奉佛舍利的塔就是原在栖灵寺中的塔了。相传，如来佛骨是由一位西域的僧人送至扬州的。他说："此大觉遗灵，留与供养。"大觉就是佛，也就是如来。大觉遗灵即佛骨，或称佛舍利。大明寺塔名"栖灵塔"，意思是让佛的灵骨栖息于此。按理来说，扬州栖灵塔下原本也应有地宫供奉佛骨。然而，原栖灵塔早在唐代会昌三年（公元八四三年）就毁于大火，地宫是否遭到破坏，今天不得而知。如果未遭破坏，则原塔基下应当还有佛舍利存在。不过，当年栖灵塔的位置并非近年重建的栖灵塔的位置。

然而，《牧斋有学集·扬州石塔寺复雷塘田记》却说："隋高祖分布舍利，命天下三十州同时起塔。扬州于西寺起塔，今石塔寺，其故址也。隋、唐以来，坏成不一。崇祯己卯，兵使者鄢陵郑公，发愿修复。掘得天祐四年石幢及小金瓶舍利……"这段文字更让佛舍利扑朔迷离，我就像丈二和尚摸不着头脑了。当时扬州所建之塔，到底是在大明寺还在石塔寺？佛舍利到底有没有送至扬州？是仍埋在尚未发现的栖灵寺地宫之中，还是早在明末在修建石塔寺塔时就被人掘走了？

带着许多问号，我们走进了栖灵塔。今塔是公元一九八八年复建的，仍有九重。九重乃最高境界。不敢松懈，不敢怠慢，每上一层，我们都会绕塔一周，然后继续攀登，越往高处走，风越大，人越站不稳，而飞檐翘角的风铎，叮当作响，像是敲在心上，又像是穿越了千年的遥远古音，既入耳又入心。

终于，我们站在了九层的塔顶，扬州古城的风貌尽收眼底。山令人远，寺令人幽，塔令人微……这一刻，释怀的情愫糅杂在一起。沐浴着凉风，我们把栏杆拍遍，痴痴地眺望着、感受着。不能待得太久了，再这样痴迷下去，我们就要扑向塔外的蓝天白云了。

检阅《扬州历代诗词》，我们发现李白、高适、白居易等大诗人都曾登临此塔，留下许多诗篇。这些诗篇反映了当时这座塔既是扬州的名胜和制高点，是到扬州这座城市的必去之处，也是扬州佛教发展的象征。高适有《登广陵栖灵寺塔》诗：

> 淮南富登临，兹塔信奇最。
>
> 直上造云族，凭虚纳天籁。
>
> 迥然碧海西，独立飞鸟外。
>
> 始知高兴尽，适与赏心会。
>
> 连山黯吴门，乔木吞楚塞。
>
> 城池满窗下，物象归掌内。
>
> 远思驻江帆，暮时结春霭。
>
> 轩车疑蠢动，造化资大块。
>
> 何必了无身，然后知所退。

李白也有《秋日登扬州西灵塔》诗：

> 宝塔凌苍苍，登攀览四荒。
>
> 顶高元气合，标出海云长。
>
> 万象分空界，三天接画梁。
>
> 水摇金刹影，日动火珠光。
>
> 鸟拂琼帘度，霞连绣拱张。

目随征路断，心逐去帆扬。

露浴梧楸白，霜催橘柚黄。

玉毫如可见，于此照迷方。

　　宝历二年（公元八二六年），刘禹锡卸任和州（今安徽和县）刺史，白居易也被罢任苏州刺史。刘、白二人仕途多舛——刘禹锡曾因参与王叔文集团的反宦官、反藩镇斗争失败而被贬为朗州司马，后又被贬为连州刺史；白居易曾因上表请求严缉刺死宰相武元衡的凶手，得罪权贵，被贬为江州司马。刘、白二人这次回京述职，路过扬州，时任淮南节度使的王播以及刚刚调任淮南节度行军司马的李德修盛情挽留他们做客扬州。刘、白二人遭遇相同，感情上很容易产生共鸣，大有相见恨晚之意。逗留扬州期间，刘、白二人少不得要去观赏名楼胜景，寻访古迹遗踪，栖灵寺塔自然是要去的。当时刘、白二人都已年过半百，却兴致勃勃，携手健步登上了栖灵塔的最高层第九层。刘禹锡写下了一首《同乐天登栖灵寺塔》诗：

步步相携不觉难，九层云外倚阑干。

忽然笑语半天上，无限游人举眼看。

　　白居易写下了一首《与梦得同登栖灵寺塔》诗：

半月悠悠在广陵，何楼何塔不同登。

共怜筋力犹堪在，上到栖灵第九层。

　　由此可见，刘、白二人凭栏登塔，心胸顿时为之开阔。他们是愀然而来，欣然而去。

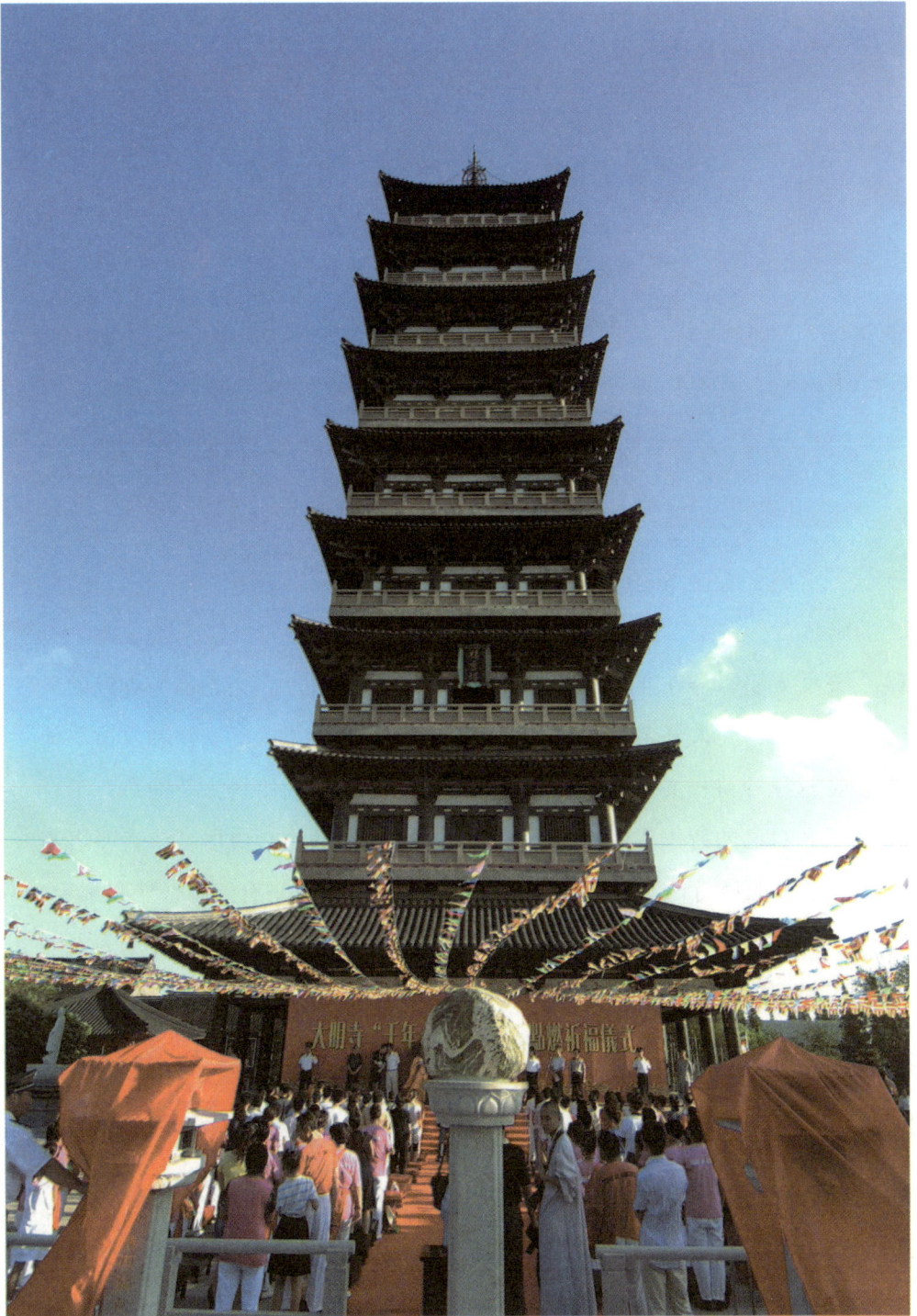

刘长卿亦曾登临栖灵寺塔，留下《登扬州栖灵寺塔》诗：

北塔凌空虚，雄观压川泽。

亭亭楚云外，千里看不隔。

遥对黄金台，浮辉乱相射。

盘梯接元气，半壁栖夜魄。

稍登诸劫尽，若骋排霄翮。

向是沧州人，已为青云客。

雨飞千桄霁，日在万家夕。

鸟处高却低，天涯远如迫。

江流入空翠，海峤现微碧。

向暮期下来，谁堪复行役。

文人墨客与寺院的联系往往是两个方面促成的：一是因为寺院的风景及名声，文人慕名而来；一是因为文人和寺院僧人的交往和友谊。他们在这里吟诗作文，泼墨丹卷，谈禅论玄……他们始料未及的是，千百年后，自己的诗作竟然成了重建栖灵塔的重要蓝本。白居易诗表明塔高九层，刘长卿诗说明塔有盘梯，而读刘禹锡诗可见塔有走廊，外有阑干，游人可以登高观光。这些活动的记录既为我们留下一些史料，也为大明寺平添不少文化气息，弥足珍贵！

二

穿过塔院，我们来到了鉴真纪念堂。

纪念堂是著名建筑学家梁思成根据唐代建筑遗规并参照日本唐招提寺"金堂"之风格设计的。纪念堂的碑亭、庭院及正殿共占地两千五百四十平方米，公元一九七三年十一月建成。

目前陈列室有鉴真和尚东渡日本史迹，由康熙年间（公元一六六二年至一七二二年）的"晴空阁"改设。室内悬日本著名画家东山魁夷绘鉴真和尚像、鉴真东渡线路图，旁悬赵朴初联：

鼓螺蜀岗夔墙南岳
风月长屋花雨奈良

门厅由"四松草堂"改建而成。门厅悬篆书"鉴真纪念堂"匾额，后进东墙壁竖有"鉴真大师像回国巡展纪念碑"一方，即公元一九八〇年四月二十五日由中国佛教协会赵朴初会长与日本唐招提寺森本孝顺长老合题碑文。赵朴初题词是"遗像千年归故里，友情万代发新花"；森本孝顺题词（日文）大意是"友好之心如明灯，故寺满载八重樱"。北侧碑亭中置仿唐汉白玉横碑，高一点二五米，宽三米，下设须弥座。正面横刻郭沫若手书"唐鉴真大和尚纪念碑"，书法古拙遒劲，笔力千钧。背面石刻有赵朴初为纪念鉴真圆寂一千二百周年撰书的碑文。正殿堂前庭院中，有长明石灯笼一幢，为唐招提寺第八十一世森木孝顺长老所赠。公元一九八〇年，森木亲自点燃灯笼，并与大明寺方丈能勤法师共栽两株日本八重樱。正殿面南五楹，环以檐廊。中堂须弥座上供奉鉴真干漆夹纻大像，此尊坐像是扬州工艺美术研究所和扬州漆器厂用扬州传统工艺结合现代艺术临摹日本国宝鉴真像精心塑造而成。像前放置着日本天皇所赠的铜香炉。凡是到扬州大明寺去的香客游人，都要去瞻仰一下鉴真的塑像。

鉴真，俗姓淳于，江阳（今江苏扬州）人，生于武周垂拱四年（公元六八八年），十四岁时出家，师从佛教律宗巨匠道岸、弘景二位大师，在佛经义理、戒坛讲律、梵声音乐、庙堂建筑、雕塑绘画、行医采药、书法镂刻等方面多有领悟，时有进益。此后，更从诸多高僧，博学益智，境界高远。鉴真二十七岁回大明寺，兴戒坛、缮道场、建寺舍、造佛像、修塔宇、讲法诵经、写经刻石、广施医药，普济众生，不遗余力。他四十六岁便成一方宗首，持律授戒，独秀无伦，前后授戒度人约有四万余人，名闻遐迩，道俗归心，被尊仰为"江淮化主"。

据《扬州市志》记载，鉴真接受邀请东渡传授戒律，已是五十五岁了。作为大明寺的住持，鉴真受到众多高僧弟子的爱戴，一呼百应，一应俱全，完全可以高坐讲坛，享受一方福田，而他为什么东渡日本？他也完全可以派一位高徒代他前往讲法授律，而他为什么决定自身践行？难道他不知沧海阻隔，风涛险恶，作了轻率的表态？据日本真人元开《唐大和尚东征传》记载，当时，鉴真在为众僧讲授戒律，日僧荣睿、普照呈词恳切："天皇以下臣民皈依佛门之心殷切，渴望中国传戒大和尚早日东渡授戒。"鉴真怦然心动，似有所思，遂问座下众僧："可有人愿去佛法兴隆有缘的日本传法吗？"众僧默然不答。鉴真追问："真的没有人想去吗？"祥彦说道："东渡日本，航路遥遥，生死难料，况且修业刚半，谁都回答不得。"鉴真毅然表态："是为法事也，何惜身命！诸人不去，我即去耳！"祥彦应道："尊师既去，我愿随行。"接着，有二十一人表示愿往。这场对白，看似平淡，实质是何去何从的抉择考验。祥彦的申述不无道理，但和鉴真所站的高度决然不同。鉴真不是盲目从行，而是从日僧诚切的邀请中听到了佛的召唤，感到有义不容辞的职责，只要是"法事"，便是高于一切，又"何惜身命"！宏愿之立，正是他忠于教义，不惜牺牲一切弘扬佛法的坚贞，也是他生命的追求所在。"诸人不去，我即去耳！"在这场激烈的思想交锋中，可以见到鉴真关爱众生的胸怀和准备牺牲一切的精神。

鉴真做出东渡日本的决定，绝非偶然，多年刻苦的修炼、执着的追求奠定了坚实的思想基础，涵养了强大的人格力量，这是从平凡的"人性"走向脱俗的"佛性"的艰难过程。

鉴真六次东渡，五次失败，历尽艰难险阻，终于在第六次东渡成功，达到弘扬佛法的目的。可以说，鉴真东渡没有明代郑和下西洋那样声势浩大的官方举措，纯属于民间交流活动，无论是从人力上、财力上都是有限的，因而鉴真所遇到的困难也是难以想象的。我们不妨回顾一下鉴真六次东渡的背景——

鉴真第一次准备东渡是他的门徒道航通过宰相李林甫的关系，获得在扬州打造航海大船的便利。但因高丽（今朝鲜、韩国）僧人如海跑到官府诬告，导致鉴真计划流产。

原来打造的航海大船被官府没收，鉴真只好募集资金购买了一条军船，带着弟子再次东渡。由于途中连遭狂澜巨涛袭击，船被击碎，鉴真及其弟子困守荒岛。几天之后，他们才被人搭救上岸。第二次东渡又以失败告终。

鉴真及其弟子继续筹划东渡，不料被越州僧众察觉，请求官府阻止。结果，得力弟子荣睿被捕，并被押往京城长安。途中荣睿因病获得假释，在外治疗。后来，荣睿佯装病故，潜回鉴真身边，但第三次东渡计划已经夭折了。

苦于僧俗的阻拦，鉴真派弟子法进等去福州购买船只、物品，以图再举大事。当鉴真一行取道温州欲与法进会合时，又生意外。弟子灵祐不赞成师父冒险东渡，联合扬州各寺僧人请求官府阻拦。结果鉴真一行被送回扬州，第四次东渡计划成了泡影。

几年之后，荣睿、普照再次请求鉴真东渡。这次，他们造船备物，悄然从扬州登舟，终于航行海上。不料风急浪高，淡水用尽，漂泊多日，历尽艰辛，才到今海南岛登陆。此后，他们历经广东、广西，途中荣睿病故，普照辞别，鉴真则因"频经炎热，眼光暗昧，爰有胡人言能治目，遂加疗治，眼遂失明"（真人元开《唐大和尚东征传》）。这是第五次东渡的悲惨结局。

天宝十二载（公元七五三年），日本遣唐使团再次来扬延其东渡传律。是年十月十九日夜，鉴真一行乘船渡江前往苏州，然后转乘日本使船，扬帆东去。历时月余，鉴真终于东渡成功。此时他已六十六岁。他在屡次东渡遭受磨难的过程中，双目失明仍不气馁，直至达到目的为止。一个健全的人也往往难以忍受一次又一次的失败，何况一个失明的老人呢？次年二月，鉴真进京（奈良），受到朝野僧俗隆重的欢迎。孝谦天皇下诏："大德和尚远涉沧波，来投此国，诚副朕意。自今以后，传授戒律，一任和尚。"当时日本天皇、皇后、太子及其大臣都接受了鉴真的三师七证授戒法。乾元二年（日本天平宝字三年，公元七五九年），鉴真在奈良创建招提寺，著有《戒律三部经》刻印流传，为日本印版之开端。

鉴真通晓医学，精通本草，救人无数。淳仁天皇曾经令其辨药，当时鉴真虽然双目失明，但他采用口尝、鼻嗅、手摸来鉴别药物真伪，辨之无误。鉴真著有《鉴上人秘方》，可惜书已失传，尚有少数药方流传于世。日本医史学家富士川游在《日本医学史》中指出："日本古代名医虽多，得祀像者，仅鉴真与田代三喜二人而已。"

除了佛教和中医外，日本豆腐业、饮食业、酿造业等也认为其行业技艺均为鉴真所授，因而日本人称之为"盲圣""日本律宗太祖""日本医学之祖""日本文化的恩人"。

鉴真是佛门的骄傲，更是民族的脊梁；鉴真是一面镜子，更是一面高扬的人文旗帜！他以博大的胸怀关爱人类，他以睿智的目光抉择弘扬佛法，他以大无畏的人格、大牺牲的精神体现了生命的价值，他以百折不挠的毅力构筑中日文化交流虹桥。他用生命点亮的佛灯，穿越一千五百多年的时空隧道，依然如日中天……

三

现在，我们来到了欧阳文忠公祠。

欧阳文忠公祠曾两次被废或毁于兵燹。现祠为光绪五年（公元一八七九年）重建，明间设神龛，龛壁供欧阳修石刻像。石刻像由当时扬州著名石工朱静斋勒石，刀工非常精微——欧阳修笑逐颜开，胡须纤细有波，加上石面稍凹，刻纹有反光作用，造成远看白胡须，近看黑胡须。此像不仅黑白有变，而且从任何角度看，欧阳修双目均与观者对视可亲，双脚均向观者，栩栩如生，堪称神品。祠内悬"六一宗风"横匾，原为欧阳正墉书题，因为损坏，公元一九八〇年由著名书法家武中奇补书。另外，欧公祠东墙南端、祠堂外东西壁均有石碑，记载着这位北宋文学家的史迹和对他的怀念与赞誉。

欧阳修，吉州庐陵（今江西吉安）人，字永叔，号醉翁，晚年又号六一居士，"唐宋八大家"之一。许多文献说他是反佛的，譬如北宋王辟

之《渑水燕谈录·谈谑》云："欧阳文忠公不喜释氏，士有谈佛书者，必正色视之。"又如罗大经《鹤林玉露·佛本于老庄》云："韩文公、欧阳公皆不曾深看佛书，故但能攻其皮毛。"再如《宋人轶事汇编·欧阳修》云："两府例得坟院。欧公既参大政，以素恶释氏，久而不请。"其实，这只是表面现象，还有许多史料表明欧阳修与佛教早就结下了不解之缘。

据苏轼《东坡志林》记载，欧阳修少年就结交僧人了。曾有一个僧人为他相命："耳白于面，名满天下；唇不着齿，无事得谤。"后来，他也承认"其言颇验"。

走上仕途以后，欧阳修与僧人交往更多。据《湘山野绿》记载，康定二年（一〇四一年），诗人石曼卿因为贪杯而英年早逝，梅尧臣、蔡襄等人都写了祭文。僧人秘演请欧阳修为石曼卿撰写墓表，但欧阳修迟迟不写。最后秘演"屡督欧俾速撰，文方成"。后来，他们两人常为此事开了玩笑。据文莹《湘山野绿》记载，治平年间（公元一〇六四年至一〇六七年），僧人契嵩鉴于尊儒抑佛现象而作《辅教编》。欧阳修与开封尹王素等"皆低簪以礼"，"特上殿以其《编》进呈"英宗。英宗"许附教藏"赐契嵩为"明教大师"。据《冷斋夜话》和《闭窗括异》记载，庆历末年（公元一〇四八年）欧阳修夜泊采石渡。船工都入睡了，欧阳修才熄灯睡觉，隐隐约约地听到船尾有人说话。一人问道："你还没有离开？"对方回答："有参政宿此，不可擅自离去。斋料幸好已经带了。"欧阳修以为船上有鬼，通夜不寐。天快亮时，只听岸上有人骑马急驰而过，船尾有人呼喊："斋料幸见还。"岸上的行者回答："道场不净，竟无所得。"欧阳修听了更加奇怪。后来，他游润州（今江苏镇江）金山寺，专门讨教了长老瑞新。瑞新讶喜："那天夜里有施主设水陆道场，并带来了自己的妻子。方拜时，忽乳一子。不久腥风灭烛，大家十分惊恐，原来是你夜宿采石渡呀！"不久，欧阳修果然被皇帝任命为参知政事，应验了瑞新的解释。为此，欧阳修对瑞新格外垂青。

一个人的想法往往是随着时间而变的，或许在某一个契机，一切都改变了。如果说欧阳修笃信佛法在当参知政事之前"犹抱琵琶半遮面"（白居易《琵琶行》）的话，那么，登上二府后则公然步入崇尚佛法的行列之中。据南宋葛立方《韵语阳秋》记载："欧阳永叔素不信释氏之说，如《酬净照师》云：'佛说吾不学，劳师忽款关。我方仁义急，君且水云闲'；《酬惟悟师》云'子何独吾慕，自忘夷其身。韩子亦尝谓，收敛加冠巾。'是也。既登二府，一日被病呕，梦至一所，见十人端冕环坐，一人云：'参政安得至此，宜速反舍。'公出门数步，复往问之，曰：'公等岂非释氏所谓十王者乎？'曰：'然。'因问：'世人饭僧造经，为亡人追福，果有益乎？'答云：'安得无益。'既寤，病良已。自是遂信佛法。"

欧阳修信佛的再一表现是为他小儿起名僧哥。据《道山清话》记载："一长老在欧阳公座上，见公家小儿有名僧哥者，戏谓欧阳修曰：'公不重佛，安得此名？'欧阳修笑曰：'人家小儿要易长育，往往以贱物为名，如狗羊犬马之类是也。'闻者莫不服公之捷对。"这里，欧阳修虽然否认长老讲他"重佛"，但事实上他给自己的小儿起名"僧哥"，这是明摆着的，只能说明他对佛教的崇信，其余都是"托词"。《渑水燕谈录》亦有类似的记载，所不同的是"公幼子小名和尚"，"和尚"与"僧"没有实质上的差别。

到了晚年，欧阳修更坚定了崇尚佛教的决心。据《避暑录话》记载："欧阳文忠公平生诋佛、老，少作《本论》三篇，于二氏盖未尝有别。晚罢政事，守毫将老矣，更罹忧患，遂有超然物外之志。"这时的欧阳修似乎对儒家的一切说教都抛在脑后了。

再说所谓"居士"，志磐《佛祖统纪》解说："居士者，西竺学佛道之称。永叔见祖印，排佛之心已消，故心会其旨，而能以居士自号。又以名其文集，通道之笃，于兹可见。"平心而论，志磐讲对了一半，即欧阳修"通道之笃"；一半是讲错了，即"永书见祖印，排佛之心已消"。

从上述史料文献中，我们可以看出，从少年时代开始直至登第走上仕途，欧阳修从未放弃过对佛教理念的追求，虽然他的许多文学作品充满了儒家思想，但是其中不少打上了佛教的烙印。

话说回来，欧阳修非常支持寺院的建设。据《避暑录话》记载，他在扬州任上为大明寺建平山堂。堂据蜀冈，壮丽为淮南第一，下临江南数百里，隐约可见仪征、镇江、南京等地。每到夏日避暑之时，欧阳修必带文朋诗友到平山堂游玩，然后到邵伯湖摘来千朵荷花，插满百盆，一边饮酒，一边吟诗。"往往侵夜，载月而归。"由此可见，"文章太守"当年的风雅。《避暑录话》的作者叶梦得曾在哲宗绍圣初年（公元一〇九四年）寄居平山堂，当时环堂四周老木参天，修篁蔽日，相互交荫。一位八十多岁的僧人为叶梦得回忆了欧阳修在大明寺生活的情景。另据《墨庄漫录》记载，欧阳修在大明寺平山堂还亲自种植柳树一株，人称"欧公柳"。为此，欧阳修还作了一首《朝中措·平山堂》词，其中有"手种堂前垂柳，别来几度春风"。由此可见，欧阳修对佛教、寺院等情有独钟。再据《艺苑雌黄》记载，一日，欧阳修送刘贡父守淮扬，作长短句云："平山栏槛倚晴空，山色有无中。"平山堂望长江南岸诸山较近，有人认为这是欧阳修"短视"。此事被苏轼引为笑谈，因赋《水调歌头·快哉亭作》：

落日绣帘卷，亭下水连空。知君为我新作，窗户湿青红。长记平山堂上，欹枕江南烟雨，杳杳没孤鸿。认得醉翁语，山色有无中。

一千顷，都镜净，倒碧峰。忽然浪起，掀舞一叶白头翁。堪笑兰台公子，未解庄生天籁，刚道有雌雄。一点浩然气，千里快哉风。

休得闲话，我们应该参观古风流溢的"平山堂"了。欧阳修选蜀冈中峰大明寺西侧建平山堂，确有高见卓识。蜀冈由趾到巅，总共三十多丈，以它的高度和江南群山相比较，真是卑卑不足道。可是站在这座堂前，每逢天晴云净，不但江南的群山可以看到，并且江南诸山都好似压缩了高度，降低了身份，一齐向蜀冈拱揖。因为所看到的山峰与堂基相平，所以欧阳修取堂名为"平山堂"。古人云："山似文章最忌平"，惟有平山堂却以"平"而获得盛名。

北宋神宗元丰二年（公元一〇七九年），"唐宋八大家"之一的苏轼由徐州徙湖州途中经过扬州，至平山堂游览，睹物思人，调寄《西江月》，作了一首《平山堂》：

三过平山堂下，半生弹指声中。十年不见老仙翁，壁上龙蛇飞动。

欲吊文章太守，仍歌杨柳春风。休言万事转头空，未转头时皆梦。

其时，欧阳修早已谢世，苏轼仍将老师和他"手种堂前垂柳，别来几度春风"的词句牢记心扉，可见师生情谊之深。苏轼这首词不仅是对老师的追思，也寄托着自己对人生和仕途的无限感叹。欧阳修和苏轼都经历过险恶的政治生涯，屡遭谗谤与贬谪。"休言万事转头空，未转头时皆梦。"正是这种心境的坦露。

有的人来了，有的人去了。人生如梦，几度春秋，来也匆匆，去也匆匆，终归一切空无，一切皆空！既然如此，我们又何必为有形世界的一得一失而劳神伤心哩！

四

才出平山堂，又进谷林堂。

北宋哲宗元祐七年（公元一〇九二年），苏轼调任扬州太守，在平山堂后面建谷林堂纪念欧阳修。其时，欧阳修已去世二十年了。谷林堂是苏轼从自己诗句"深谷下窈窕，高林合扶疏"（《谷林堂诗》）中截取第二个字取名的。宋后，堂毁。今之谷林堂是清同治九年（公元一八七〇年）盐运使方浚颐在真赏楼旧址处所建，并题额、联，今均无存。今堂上悬"谷林堂"额三字系扬州雕刻家黄汉侯集自《东坡法帖》。东壁悬扬州书画家李亚如草书《谷林堂诗》，西壁悬《赤壁夜游图》，堂内陈列古朴典雅。

苏轼，字子瞻，号东坡居士，四川眉山人。眉山距离佛教圣地峨眉山和乐山大佛不远，苏轼少年时代不可能不受佛教的影响。而后仕途坎坷不平，他与佛教关系更为密切，禅悦生活成为他后半生的一大特色。不过，这与他的家庭影响和社会风气的濡染是分不开的。其父苏洵以儒学为宗，不但不排斥佛教，甚至结交蜀地出身的名僧云门宗圆通居讷和宝月大师惟简，《宋高僧传》把居讷列为居讷法嗣。苏洵晚年因为连遭骨肉零落之苦，龛座二所于阿弥陀如来之堂，还塑观世音菩萨、势至、天藏、地藏、解冤结、引路王六菩萨像，以藉慰之。其母程氏更是"崇信三宝"，"家藏十六罗汉像，每设茶供，则化为白乳"（苏轼《十八大阿罗汉颂》）。这样的家庭影响，必然使苏轼知佛法、喜佛书，并潜移默化地影响着他的生活。这是苏轼信佛参禅的原因之一。苏轼与弟弟苏辙极其亲爱，这是历史上的佳话，而苏辙也是热心的佛教徒。他在与苏轼唱酬诗中有"目断家山空记路，手披禅册渐忘情"（《次子瞻与安节夜坐三首》）、"老去在家同出家，《楞伽》四卷即生涯"（《试院唱酬十一首》）等诗句，可见他们在家习佛的情况。苏轼之妻王闰之亦学佛，她于熙宁七年（公元一〇七四年）从苏轼，到元祐八年（公元一〇九三年）病逝。苏轼在其生日曾取《金光明经》故事，买鱼放生为寿，并调寄《蝶恋花》，作词一首，其中有"放尽穷鳞看圉圉，天公为下曼陀雨"句。她死时有遗言，令其子绘阿弥陀佛像供奉丛林，苏轼请著名画家李龙眠画释迦佛祖及十大弟子像供奉京师，并亲为作《阿弥陀佛赞》说"此心平处是西方"。其妾朝云也信佛，早年拜于泗上比丘义冲门下。后与苏轼一起到惠州，经常念佛。绍圣三年（公元一〇九六年），朝云弥留之际仍诵《金刚经·六如偈》。苏轼在其《朝云墓志铭》写道："浮屠是瞻，伽蓝是依，如汝宿心，惟佛之归。"而后又作《悼朝云诗》，诗云：

苗而不秀岂其天，不使童乌与我玄。
驻景恨无千岁药，赠行惟有小乘禅。
伤心一念偿前债，弹指三生断后缘。
归卧竹根无远近，夜灯勤礼塔中仙。

据《居士分灯录》记载，苏轼的母亲刚刚怀他的时候，梦见一位身躯瘠瘦、眼睛眇细的僧人，后来就生下了苏轼。时隔多年，苏轼的弟弟苏辙在高安为官的时候，和真净、文圣、寿聪等三位法师时常在一起论道参禅。有一天这三位出家人同时梦见迎接五祖戒禅师，三人正在交谈时，苏轼刚巧来寺拜访。三人于是把梦境告诉苏轼，苏轼就回答自己七八岁的时候，曾梦见自己身为僧侣，往来行化于陕右一带。真净法师听了，赶忙说道："戒禅师陕右人也，暮年弃五祖，来游高安，终于大愚逆数，盖五十年。"细问之下，苏轼当年刚好四十九岁，大家终于了悟五祖戒和尚原来就是苏轼的前身。

禅是一种宗教，也是一种哲学。马克思曾经指出："宗教是那些还没有获得自己或者再度丧失了自己的人的自我意识和自我感觉。"（《黑格尔法哲学批判导言》）印度佛教作为一种在有限中追求无限、在现实中求得超越的信仰和哲学诠释，作为在苦难、蹭蹬和人生遭际中寻求心理满足和慰藉的精神需要，自东汉末年（公元二二〇年）传入我国后，随不同时代社会的变迁而演进，至唐代，遂浸染成磅礴的大势，成为中国固有思想和文化心理结构的一个重要补充。自唐代南宗禅兴起后，佛教真正成为中国士大夫阶层喜闻乐道的宗教，南宗禅临济宗创始人义玄说："佛法无用功处，只是平常无事，屙屎送尿，着衣吃饭，困来即卧，愚人笑我，智乃知焉。古人云：向外作工夫，总是痴顽汉。你且随处作主，立处皆真……自为解脱大海。"（《临济录》）临济宗后来风靡北宋，杨亿、夏竦、王安石、苏轼、苏辙、黄庭坚等人，都与临济宗的高僧有很深的交往，谈禅理，斗机锋，并被认为是本宗的俗弟子。宋代士大夫继承唐代士人崇信禅宗之风，但是所谓禅宗"不立文字"，到宋代变为"不离文字"之禅，更促进了禅宗的世俗化，士大夫的禅僧化，禅僧士大夫化，苏轼就是在这样的客观环境中逐步进入了禅悦生活。苏轼前半生的禅悦生活，与和尚的交往，只不过是文人风气使然。口里说禅，但内心是"用舍由时，行藏在我"（苏轼《沁园春》）的正统儒生、正统士大夫的内核。如他在《腊日游孤山访惠勤惠思二僧》一诗中所说："腊日不归对妻孥，名寻道人实有娱。"在《次韵参寥寄少游》诗中曰："台阁山林本无异，故应文字不离禅。"由此可见，苏轼向往的是"身在江海，心存魏阙"的生活，这正是南北朝以来门阀士族地主阶级所肯定了的政治与宗教的统一。熙宁年间（公元一〇六八年至一〇七七年）苏轼在汴京作大阁以安置四菩萨像，还抄写《法华经》。熙宁四年（公元一〇七一年），苏轼被贬为杭州通判。不久，其友天竺（今印度）寺僧慧辩示寂，他作《吊天竺海月辩师三首》追悼。熙宁五年（公元一〇七二年）十二月，苏轼因事经过秀州（今浙江嘉兴）永乐乡，游访了本觉寺，结识了方丈文及。文及是四川人，和苏轼同乡。苏轼写了一首《秀州报本禅院乡僧文长老方丈》诗给他。熙宁六年（公元一〇七三年）十一月，苏轼受命前往常州赈灾，途经秀州。听说文及生病，连夜赶去探望，赠了一首《夜至永乐文长老院，文时卧病退院》诗。熙宁七年（公元一〇七四年），苏轼赈灾事毕返杭，又去拜访文及，不料文及已经与世长辞，作了《过永乐文长老已卒》诗。三年三过本觉寺，"三过门间老病死，一弹指顷去来今"（《过永乐文长老已卒》），文及的状况正好是"老病死"，而佛家以生老病死为人生四苦，语典和实事之间天衣无缝，浑如一支三部曲。

元丰二年（公元一〇七九年），"乌台诗案"发生，苏轼下狱，然后被贬，他那"奋厉有当世志"（苏辙《东坡先生墓志铭》）的雄心也消磨殆尽了。面对这种屈辱和困厄，他更深求佛理，解脱自己。苏辙说他："既而谪居于黄，杜门深居，……后读释氏书，深悟实相，参之孔、老，博辩无碍，浩然不见其涯也。"（同上）这年，苏轼被贬到黄州（今湖北黄冈），筑室于东坡，沉浸于参禅之中，而且达到了圆通的境界。朝云为他生了一个儿子，名遁。苏轼为儿子写了一首诗作自嘲：

人皆养子望聪明，我被聪明误一生。

惟愿孩儿愚且鲁，无灾无难到公卿。

（《洗儿戏作》）

这些都反映了他入佛之后的平静心态。不过，完成这一转变无疑是非常痛苦的。而这种大苦大难之后的大彻大悟，使他的思想境界产生了巨大的飞跃，同时也带动了文学创作的飞跃。他的前后《赤壁赋》和《念奴娇·赤壁怀古》等一系列绝世佳作，正是这一阵痛与彻悟的果实。元丰三年（公元一〇八〇年）苏轼访江州东林禅院常总禅师，于对谈中有悟，遂赠一首诗偈：

溪声便是广长舌，山色岂非清净身？

夜来八万四千偈，他日如何举似人？

（《赠东林总长老》）

　　"广长舌"是佛陀善于说法的象征，"清静身"指佛成就的佛体，也可以指众生先天具有的佛性。意思是说，一点禅心，触目菩提，许多妙悟的偈子，真非言语能道。正如《景德传灯录》中的禅门名句："青青翠竹，尽是法身。郁郁黄花，无非般若。"苏轼认为要想让诗达到妙，最好能做到"空"与"静"，因为"空"可以容纳大千境象，"静"可以把握万物之机。

　　这一时期，苏轼创作了许多诗词，其中有首《定风波》非常耐人寻味：

　　莫听穿林打叶声，何妨吟啸且徐行。竹杖芒鞋轻胜马，谁怕？一蓑烟雨任平生。

　　料峭春风吹酒醒，微冷，山头斜照却相迎。回首向来萧瑟处，归去，也无风雨也无晴。

　　表面上说，我与几个朋友在田间漫步，忽然起风下雨。他们都穿上了蓑衣，就我一人任凭风吹雨打，继续吟啸前行。一会儿雨过天晴，山头又见斜阳，风也没了，雨也停了。其实，他借写自然界的风雨以象征政界上的风雨，表现了作者信佛参禅后的履险如夷、不为忧患所动摇的理念。同时也展现了他信佛习禅后的那种"看山是山，看水是水；看山不是山，看水不是水；看山还是山，看水还是水"（《五灯会元》卷十七，青原行思妙语）的三层递进的观念和境界。在这首词上阕，他集中了三组形象来表现自己的旷达形象：一是"何妨吟啸且徐行"，二是"竹杖芒鞋轻胜马"，三是"一蓑烟雨任平生"。这都是他最得意的豪放旷达行为，自然也是他最理想的内心世界的变化。他把自己到黄州后的这些思想变化浓缩在半阕词里，是要塑造一个归隐者的旷达形象。这首词的下阕进一步深化主题，在表现自己外在形象的基础上进而写其对人生经验的深刻体会，表现自己不以物喜、不以己悲、忧乐两忘的胸怀。这首词的高妙处就在于并没有接着写出自己因春风斜照而得到温暖，而是笔锋一转，宕出这意外的、极富人生哲理的词句："回首向来萧瑟处，归去，也无风雨也无晴。"也就是说，回首来路，所有的风雨或晴朗，都算不了什么！于自己也没有任何阻碍，他已经把万事万物看透了。如此平静乐观的心境，既是历经风雨后的领悟，也是他以后追求的目标和人生境界。

元祐三年（公元一〇八八年）秋天，门生黄庭坚、秦观唱和《虚飘飘》，苏轼亦作和诗：

虚飘飘，画檐蛛结网，银汉鹊成桥。

尘渍雨桐叶，霜飞风柳条。

露凝残点见红日，星曳余光横碧霄。

虚飘飘，比浮名利犹坚牢。

苏轼感慨人生而伴以"虚""空""梦""幻"，并不是空泛的说教和无谓的嗟叹，而是对当时处境和遭遇的真切感受。

绍圣元年（公元一〇九四年），苏轼又被贬谪惠州（今广东惠阳）；绍圣四年（公元一〇九七年），苏轼迁居儋州（在今海南），形同流放。经历了四次贬谪，苏轼几乎濒于绝境，而他很快就从禅悦生活中得到解悟。元符三年（公元一一〇〇年），苏轼遇赦北归，他没有喜上眉梢，而是以极平静的心情来对待人生的又一次戏剧性转机。"回视人间世，了无一事真"（《用前韵再和孙志举》），在颠沛流离的宦海生涯中，他早已领略了人生的苦空和无常，并且也在这种彻悟中让灵魂得以超度。次年七月客死常州。去世前两个月，苏轼与朋友钱世雄、陈之元相约金山寺会面，金山寺是他曾留下玉带作为镇寺之宝的地方。他和朋友同登妙高台，在金山寺他看了朋友李公麟画的苏轼画像，写了一首《自题金山画像》，诗云：

> 心似已灰之木，身如不系之舟。
>
> 问汝平生功业，黄州惠州儋州。

这是他自己对其后半生生活的真实写照，颇有几分英雄末路美人迟暮的空漠之意和苍凉之感。

检阅苏轼诗文，我发现，他主张性情一体、无善无恶论，认为情是性的表现形式，性、命、情三者分言为三，合则为一，而"善恶者，性之所能之，而非性之所能有也"（《扬雄论》）。对于将性情对立起来的观点，苏轼反驳："夫有喜有怒而后有仁义，有哀有乐而后有礼乐。以为仁义礼乐皆出于情而非性，则是相率而叛圣人之教也。"（《韩愈论》）明确肯定人情出于人性，合乎人道，因此是完全正当的、合法的。基于这一认识，苏轼进一步指出："夫圣人之道，自本而观之，则皆出于人情。"（《中庸论》）人情为"圣人之道"的本源，体现"圣人之教"的礼自然也必须以顺应人情为前提："凡人情之所安而有节者，举皆礼也。"反过来说，礼的制定"不可以出于人情之所不安"（《礼以养人为本论》）。可见，崇尚本真自然，反对禁锢人性，是苏轼人性论的核心所在。

拜读佛经，我总感觉佛有很多弱点，很多缺憾，生怕在里面走失。我们在说这些的时候，自然有所恐惧，觉得自己是不是在如有些人所说的我们是在"谤佛"而要受到惩罚。不过，正是因为有了这些恐惧，我们才更坚定了自己的认知，不想把佛学当作自己的精神家园，因为任何一种健康的神圣的宗教，不是因为恐惧而让我们对其信仰。很多时候，我们发现既然是组织，是团体，就必然有太多的清规戒律，这实在令人不舒适。既然我佛慈悲，它为何令人禁锢，又为何让人迷失？我们认为，苏轼之所以伟大，是因为他能够融合儒、释、道三家思想，打通"雅"与"俗"的界限，极大地丰富了传统人格美内涵，使之变得更为健全和成熟。也正因为如此，他才俨如一鹤飘然，随遇而安，来去潇洒，出入自由，不为世俗所羁，亦不为虚妄所惑。

走出了大明寺，我到朋友家借宿。朋友喜出望外，把酒话禅，可惜不胜酒力，很快就成"醉翁"了。室内，鼾声如雷；窗外，蝉声如雨。夜不能寐，我品茗挥毫……

作者简介：周游，原名周仁忠，发表小说、散文、诗歌、文艺评论和报告文学二百万字左右，出版多部文学作品集。

鉴　真

许凤仪

　　日本奈良唐招提寺供奉的我国唐代高僧鉴真大师坐像，在该寺森本孝顺长老的陪同下，近几天即将回故乡"探亲"。鉴真——中日文化交流的友好使者，扬州江阳县（今江苏扬州市）人，生于公元六八八年。十四岁到扬州大云寺出家。二十一岁到当时的政治、经济、文化和佛教的中心长安、洛阳等地游学，二十六岁又回到扬州，住持扬州大明寺（今法净寺），成为江淮一带"独秀无伦，道俗归心"的佛教首领。他先后讲授《四分律》《疏》等佛教律宗论著一百三十多遍，授戒四万多人。在他的主持下，建造寺塔八十余座，塑造佛像无数，缝制袈裟三千多领，书写经书一万三千卷。他还开悲田院救济贫病，煎调药物为劳苦大众医治疾病，成为誉满全国的高僧。

　　公元七四二年，日本在中国学习的留学僧荣睿和普照，受天皇之命，要物色一位德学高深的名僧去日本兴隆法事。他们在中国学习的十年间，知道鉴真德高望重，名闻遐迩，便从长安专程来扬州谒见鉴真，邀请他东渡日本，弘扬法事，传播文化。当时有人劝他说："日本孤悬海外，去之不易，漂洋过海，百无一至。"但鉴真却毫无畏惧地说："中国和日本是有缘之国，为了传播佛法，传播文化，哪能顾惜身命！"随即他就在扬子江边打造船只，筹办粮食和各种物资，积极准备东渡。

鉴真的东渡，不是一帆风顺，有来自社会的阻力，也有来自大自然的阻力。第一次东渡，因为内部人事纠纷，高丽僧如海告密，没有成行，船只、物资全被官府没收，损失很大。第二次东渡出海不久，船便触礁，所带的六十多种物资，全部沉入大海，鉴真等八十多人也被围困在一个荒岛上，忍饿受冻七天七夜，好容易才被巡海的官船发现救上大陆。此后又多次东渡失败。在第五次东渡途中，日本僧人荣睿积劳成疾，死在端州（今广东肇庆），中国僧人祥彦上岸后，不久死在江西吉安，鉴真本人也因风刀雨剑、暑热蒸染，双目失明。

机遇终于来了。唐天宝十二年，即公元七五三年，六十六岁高龄的鉴真，应日本遣唐使邀请，冲破重重困难，随日本遣唐使船进行第六次东渡，终于第一次踏上了日本国土，实现了自己毕生的宏愿。

鉴真一到日本，就受到朝廷的器重，封为"传灯大法师"。第二年四月，鉴真在东大寺设戒坛，给圣武天皇、光明皇太后及官员僧众四百多人授戒，这是日本第一次正规受戒。后来朝廷还将新田部亲王的旧宅园地赐给鉴真。为了让更多的僧侣前来学习、修炼，鉴真和他的弟子在朝廷赐予的亲王旧宅园地上营建了唐招提寺。天皇号召全国，凡出家者必须先入唐招提寺从鉴真大和尚学习戒律，否则就不能取得僧籍。鉴真被誉为日本律宗的"开山祖"和天台宗的"先驱者"，医药始祖，豆食业祖师，文化大恩人。

鉴真非常精通医学，到日本后，他积极为群众治病，并传授了关于药物的收藏、炮制等多方面的知识和经验。相传光明皇太后久病不愈，请鉴真治疗，疗效很好。他还为圣武天皇治过病。日本医道把鉴真奉为"医药始祖"，直到德川时期，日本的药袋上还都贴着鉴真的像，否则就会被认为不是灵药。

鉴真东渡时带有绣师、画师、玉作人等能工巧匠和画像、绣像、玉器、铜镜等工艺珍品，以及王羲之、王献之真迹字帖，大大促进了日本工艺美术和书法艺术的发展。在建筑方面，鉴真亲自主持营造的唐招提寺，气势雄伟，结构精巧，对日本后来的建筑艺术影响极大。一千二百多年来，唐招提寺仍然巍然屹立于奈良古都，成为中日两国友好的象征。寺内的金堂，被列为日本国宝。

鉴真在日本辛勤工作了十年，七六三年在日本唐招提寺逝世，享年七十六岁。他的骨塔至今还矗立在唐招提寺的松林中。鉴真逝世前他的弟子为他塑造的干漆夹纻坐像，至今还完好地供奉在唐招提寺内，被列为日本"国宝"，每年只开放三天，供人瞻仰。这次回国"探亲"的就是这尊坐像。

1978 年秋天，邓小平副总理在日本访问时，唐招提寺森本长老提出要让离别祖国一千二百多年的鉴真回国"探亲"，邓副总理高兴地答应了。邓颖超副委员长访问日本时，也表示欢迎鉴真回国"探亲"。鉴真故乡——扬州的人民为了迎接这位中日文化交流的友好使者光荣归来，对古大明寺和鉴真纪念堂进行了大规模的修建。鉴真像回国探亲这一活动，将进一步促进中日文化交流，增进两国人民的友谊。

作者简介：许凤仪，江苏泰兴人，副编审，副研究员，中国作协会员，曾任《扬州日报》副总编、扬州市作协副主席，扬州市政协常委、文史和学习委员会主任，著有长篇小说《怪人郑板桥》《大江枭雄》《苦爱》《鉴真东渡》等。

同天风月弟兄邦

——写在鉴真纪念堂

张泽民

石级

薄雾飘忽的清晨，我踏上登平山堂的石级。

平山堂的驰名得助于古老的大明寺。这里是唐代佛学高僧鉴真生活过的地方。其实，在见过高山的人看来，这里简直说不上是一座山，充其量不过是一条冈。据考证，这山冈乃是大别山的余脉。可见自然界也往往总是山山相连，脉脉相通的。

寒夜给石级铺撒了一层薄薄的银霜。我拾级而上，身后留下一行清晰的脚印。冷风之中，唯有几尾不知名的小鸟，在苍松的枝头间啾啾鸣叫，愈显得这里气氛宁静。看样子，我是平山堂今天的第一个客人。

我并非来瞻仰神像的风采，也无意于探究佛学的精义，为的只是向鉴真老人，表达我深深的缅怀之情。

远在一千二百多年前，鉴真应日本留学僧的延聘，率领僧团，东渡传法，自这里跨上了传播友谊的漫漫长途。六次启程，五度挫折。旅途风浪的袭击，岭南溽暑的熏蒸，使鉴真在六十三岁那年双目失明。而跟随他的弟子，有的遭官府拘捕，备尝了牢狱之苦，有的受天灾、疫病的折磨，以至结束了生命。然而这一切，始终没有动摇他再渡的决心。经过整整十一个年头的奔波，终于如愿以偿，胜利抵达日本。从此，他在这个友好的邻邦，十年弘法，十年耕耘，最后逝世于奈良唐招提寺，享年七十六岁。

鉴真是一位深通佛学的和尚，同时又是一位卓越的文化使者。他带去我国灿烂的盛唐文化，在异国的土地上，与日本民族的文化传统相交融，孕育出丰硕的成果。他所率领的僧团，实际上是个文化使团，建筑、雕塑、绘画、书法、印刷……能工巧匠，不乏其人。创建于天平年间的唐招提寺，便是他们的精心杰作。

石级将我引向古寺的山门，也将我引向久远的往事。我几次想蹲下身来，拂去石级上的晨霜，觅寻当年鉴真的足迹和荣睿、普照的脚印。自然，这不过是一片痴心。眼前的石级，分明是当代工匠的作品。条条阶石，雕琢得多么平整、精细，水泥嵌缝，恰好似镶上了一道青灰色的花边。当年的石级早已不复存在，正如同大明寺也已几经兴废。到了清代乾隆年间，由于清朝统治者忌讳"大明"二字，遂将大明寺改称法净寺……真是岁月悠悠，世事沧桑。可是，历史并不能阻隔人们对鉴真的怀念。这里的石级路，虽一次次地遭受损坏，却一次次地又修复。是的，有形的物体常常会毁于一旦，而无形的精神却可以流传千秋。

石级呵，你是历史最忠实的见证。当荣睿和普照踏上石级的时候，两位来自扶桑的留学僧，心情是兴奋还是不安？步履是急促还是迟缓？他们从长安慕名赶来扬州，求见鉴真大师。这里的石级，在荣睿和普照的眼里，无异于是一张神圣的天梯。他们不存有别的奢望，只求鉴真大师能从他的弟子当中，推荐几位高僧东渡传授戒律也就足矣。

你看，那拾级而下的，不正是刚才的两位留学僧！为什么眼里闪动

着晶莹的泪花？为什么脸上显现出幸福的神采？诚然，长屋王子远赠袈裟的故事他们并不陌生，可没有想到，"山川异域，风月同天，寄诸佛子，共结来缘"的诗章，竟已印刻在鉴真大师的心间，这不能不使他们感到惊异和欢欣。但东渡绝非等闲之事。在当时的交通条件和科学水平下，万顷风涛，险象迭起，航船的覆灭将是随时可能的。真所谓"沧海渺漫，百无一至"。面对着弟子们的重重疑虑，鉴真大师毅然宣称："是为法事也，何惜身命！诸人不去，我即去耳。"博大的胸怀，超人的胆识，坚强的意志和信念，两位留学僧身临其境，怎能不感动得热泪盈眶？怎能不陶醉于幸福之中……

当鉴真跨出山门，走下石级的时候，他该是怎样的心情，怎样的步履？也许，他曾在半山的石级上驻足少顷。

别了，家乡；别了，唐土。这里是养育他的土地，这里有滋润他的雨露。江南隐隐的青山，路旁娟娟的野花，绿杨城郭的炊烟，大明寺内的钟声，无一不牵动着他依依惜别的情思。至于那朝夕相见的弟子们，尽管已经嘱咐过百遍千遍，但在此临别的时刻，他还得一声声叮咛又叮咛。

片刻的停留，正是为了蓄聚前进的力量，去迎接漫漫长途上的艰难险阻。

呵，石级，你原是连接着天涯海角。

药方

这是一个"奇效丸"的药袋，内藏"奇效丸"药方一张。药方的正中上端，盖有"唐招提寺"的印鉴。朱红的色泽，仍然是那么饱满而又鲜艳。

"奇效丸"由鉴真和尚带去日本，在那里世代相传。至今犹为日本民间的一种常备药物。一九七四年，奈良唐招提寺森本孝顺长老将此药袋、药方惠赠中国，以资纪念。诗人赵朴初为此欣然命笔，作七言绝句一首：

> 喜从素裹认青囊，千载薪传溯奈良。
> 好与影堂添印证，同天风月弟兄邦。

当年，跟随鉴真东渡的弟子及携带的各类物品，涉及文化领域的许多方面，医药是其中的一部分。日本朋友对于鉴真的文化活动，给予极高的评价，誉之为"日本佛教与日本文化的恩人""日本文化史上的佛人"等等，至今在日本民间，还流传着有关鉴真的传奇故事。日本人民早就把这位德高望重的大和尚，看作是吉祥如意的象征。

十八年前春暖花开的季节，第二十六届世界乒乓球锦标赛在北京拉开了战幕。日本队有一员骁勇善战的名将星野。他曾参与争夺男子"思韦斯林杯"的决赛，后来又与另一名新秀木村合作，赢得男子双打世界冠军。据说，星野每次挥拍上阵，总要在额头上缠一块头巾，里面包着一尊精致的佛像，那便是鉴真和尚。传说毕竟是传说，谁也没有做过认真的核实。不过，当这个传说流传到鉴真故乡的时候，它在扬州人民的心海里，激起了层层波澜。古城的大街小巷，一时传为美谈。

鉴真对于医学、药学有着深湛的造诣。他涉历过不少名山大川，收集了各种草药；他所结识的名僧中，有的便是著名的"医僧"；那"喧喧卖药市"的扬州，更使他有可能接触与识别中外名目繁多的药材。此外，鉴真还亲自培植草药，煎调药味，救济贫病，这使他在医药上获得了丰富的实践经验。

鉴真抵达日本的前后，中日往来友好，不少中国药物运往日本。对它们真伪的鉴定，优劣的辨别，以及收藏、炮制、使用等等的专门知识，日本医药界亟待有人给以传授和指导。鉴真和尚挑起了这副事关人命安危的重担。他多么应该有一对明亮的眼睛啊，可是他双目失明已达三年之久。他只能凭借往昔积累的实践经验，依靠嗅觉和味觉的帮助，从事这项功德无量的工作。每当我想到鉴真一边品尝药味，一边同日本友人娓娓交谈的时候，脑海里便浮现出这位可亲可敬的老人的形象来。他那慈祥的脸上密布着深刻的皱纹。此刻，那一道道皱纹中，似乎都贮满了笑意。

据说，奈良东大寺的正仓院，还珍藏着六十多种我国唐代的药物。鉴真所著的医书《鉴上人秘方》虽然失传已久，但从日本的医学史籍中，我们仍能找到有关这本医书的某些踪迹。

鉴真在日本，曾被奉为医术之始祖。日本江户时期的药袋上，都可以见到鉴真老人的坐像。对此，人们将是不难理解的。那么，奈良唐招提寺森本长老寄来中国的，岂止是一只普通的药袋和一张普通的药方，分明是寄来了日本人民对鉴真大师的敬仰和对中国人民的友情。

金桂和五针松

鉴真纪念堂的西侧，栽有两株友谊树：一株金桂，一株五针松。树旁的木牌上记载着两行文字，告诉人们这是一九七七年秋天，日本日中农业农民交流协会友好之翼访华团的朋友们留下的纪念。

我迎上前去，向这两位友好的使者致意。微风中，友谊树轻轻地摆动枝叶，好像是在对人絮絮细语，诉述她们生活道路上的一段重要的经历。

五针松，遒劲茁壮，从小便展示出倔强的性格。金桂则显得端庄文静，一簇修长的枝条，好似一群相亲相爱的姐妹，欢乐地团坐在母亲的身边。可别以为金桂是个柔弱的女性，实际上她从来也没有屈服于阴湿或者寒冷。她四季常绿。每年春天，她总是在人们不经意之中，悄悄地更换新装。眼下正值隆冬天气，但见这里的金桂似乎与别处的稍有异样。你看那树叶葱绿可爱，春意盎然，也许是因为这里的空气和土壤与别处有所不同的缘故吧。

是的，友谊树生长在友好的空气和土壤之中。法净寺能勤方丈对人说："一想到日本朋友栽种友谊树的一片至诚，我就想起唐代王勃的诗句：'海内存知己，天涯若比邻。'友谊树是栽在我们心间的树。待来年春天，给友谊树照张相片，寄给日本朋友。"

友谊树是友谊的纽带。中日两国，同处于亚洲的东方，长期的友好往来与文化交流的过程中，两个伟大的民族相互学习，彼此影响，以致在风土人情、心理气质等许多方面，有着惊人的相似之处。两国文学家的笔下，常常用"寓情于物"的手法抒写情怀。其实，两国人民又何尝不总是在花卉树木的身上，寄托丰富的思想感情。

人们知道，鲁迅先生早年曾留学于日本仙台，这使我们与仙台人民结下了不解之缘。一九六一年四月五日，仙台鲁迅纪念碑揭幕，许广平

同志应邀参加隆重的揭幕典礼，日本朋友栽青松以为纪念。此后，又在鲁迅逝世三十八周年、四十周年及鲁迅仙台留学七十周年等日子里，日本朋友栽蜡梅一株、桂花树两株于鲁迅纪念碑前。一九七四年，仙台市长岛野武率领宫城县青年友好之翼访华团来华，临行前，专门讨论了瞻仰鲁迅墓留何纪念，最后作出决定，这就是今天人们在鲁迅墓前所能见到的两株蜡梅树。

友谊树呵，你岂止是友谊的纽带，从你所崇尚的精神，更可知你是有生命的友谊，你是友谊的精灵。

桂花树原产中国。在"桂氏"姐妹的大家庭里，金桂或可算是年长的一个。

也许因为金桂飘香与农作物的收获联系在一起的缘由，人们总是对金桂怀有十分美好的感情。那么，即使从这个意义上说，从事日中农业交流工作的日本朋友，选定金桂栽在鉴真纪念堂的旁边，也是非常得体的。在中日两国友好交往的历史上，我们有过多少辛勤的播种者啊！如今该是到了收获的季节了，他们是最有资格享受这丰收的喜悦的。

五针松祖籍日本，何时迁居中国，尚有待历史学者和植物学者来作考证。听说它在日本属于松树中的珍品。许多年来，五针松在中国园艺工人的栽培下，繁衍着子孙。你看，它粗壮的针叶，一簇簇，一团团的，形如朵朵翠绿的鲜花，终年盛开，经久不衰，显示其生命之伟力。

我又联想起那位志笃行坚的青年僧人荣睿。他受命入唐，一则求学，一则聘贤。十年留学生活，使他对灿烂的盛唐文化倍加爱慕，而长期客居异国，又使他怀乡恋国的感情与日俱增。当鉴真大师慨然允诺之后，他和普照相随于鉴真的左右，风雨同舟，肝胆相照。在鉴真第五次东渡失败以后，荣睿染病不起，长眠于中国的土地上。

荣睿呵，眼前的这株五针松，莫不是你的化身！你还像当年陪同鉴真大师那样，如今日夜挺立于鉴真纪念堂的一侧，护卫着鉴真，护卫着友谊。

在开拓友谊之路的历史过程中，中日两国人民付出了沉重的代价。据史籍记载，鉴真东渡，为此而献出生命者有三十六人。先驱者的精神和业绩是不朽的，正如同五针松四季常青。

我伫立在友谊树前，驰思遐想，连绵不绝。

忽然，从不远处传来"呜——呜——"的汽笛声，那是古运河上的汽轮在鸣号。当年鉴真和尚东渡日本，就是由这里扬帆远航的。如今，历史又掀开了新的一页，中日友谊的航船，正朝着新的里程，乘风破浪，高歌猛进。

（原载《人民文学》，1980 年第 5 期）

作者简介：张泽民，生于 1935 年，江苏无锡人。曾任扬州师范学院中文系主任，扬州市作家协会主席，江苏省写作学会副会长。著有散文、报告文学多种。散文《咸亨酒店新主顾》，1984 年 6 月获首届"中山文学奖"。散文《又是芍药花开时》，2005 年 12 月获朱自清文学奖。

远山来与此堂平

华干林

（一）

中国历史上有一种特殊的文化现象：一场政治变革之后，无论成功与否，总有一批官员被放逐，遭贬谪。改革成功了，被贬的是保守者；改革失败了，被贬的自然就是改革者。于是，在烟尘滚滚的古驿道上，时常会见到几位峨冠博带而又行色匆匆的身影；在南北东西的青山绿水之间，往往又会增添几处由这些贬谪文人所修建的亭台楼阁。时间一长，随着这些人物的东山再起或声名流传，那些或是寄托悲愁之情，或是抒发不平之志的建筑物，大多成了名胜古迹，引得后世之人慕其名，追其踪，而纷至沓来。有学者将此称之为"贬官文化"。

扬州平山堂就是一例。

北宋庆历年间，官僚队伍庞大，行政效率低下，人民生活困苦，辽和西夏威胁着北方和西北边疆。

庆历三年（一〇四三年），范仲淹、富弼、韩琦同时执政，欧阳修、蔡襄、王素、余靖同为谏官。范仲淹与富弼在官员体制、教育及科举制度、农业政策、国防武装等十个方面提出改革主张。欧阳修等人也纷纷上疏言事，宋仁宗采纳了大部分意见，施行新政。但由于新政触犯了贵族官僚的利益，因而遭到强烈阻挠。庆历五年初，范仲淹、韩琦、富弼、欧阳修等人相继被排斥出朝廷，各项改革也被废止。一年四个月后，庆历新政失败。

新政失败之后，一批官员被贬谪，其中包括文坛领袖欧阳修。其实，欧阳修当时是有可能躲过这一劫的，当朝廷清洗范仲淹等"庆历党人"的时候，欧阳修正官居龙图阁直学士、河北都转运按察使。面对当时复杂的政治形势，他完全可以"躲进小楼成一统，管他冬夏与春秋"。然而他不！担任过谏官的欧阳修，看到一批朝廷忠良被贬，奸臣弄权当道时，他坐不住了，竟不顾官场戒律，越职言事，上书仁宗，为范仲淹等人鸣不平，并鲜明地亮出自己的态度："士不忘身不为忠，言不逆耳不为谏。"其结果自然是可想而知的——被罢官降职，贬谪滁州。

滁州，当时乃地偏事简之所。欧阳修于庆历五年十月二十二日到任，他寄情山水，与民同乐，诗酒人生，好不惬意。在此留下了很多诗文佳作，其中最著名的当然就是千古名篇《醉翁亭记》了。然而，正当欧阳修方才抚平受创的心情，怡然自得地在醉翁亭上喝酒的时候，某天，皇上一觉醒来，突然觉得对欧阳修处理过重了，于是御笔一批，将欧阳修调至大郡扬州任太守。

扬州，"淮南江北海西头"，京杭大运河穿城而过。汉代以来，即为东南重镇。入唐之后，更为"风月繁华之地，温柔富贵之乡"。北宋时承唐代遗风余韵，节制淮南十一郡之地。于此地任官者，往往感到"政务庞杂，应酬尤多"。但欧公赴任后，"各有条理，纲目不乱"。政暇仍寄情于诗酒山水之间，于扬州制高处蜀冈之上筑平山堂，"以为游宴之所"。

他还在堂前亲手栽下了一株柳树，后人称之为"欧公柳"。说起欧公柳，就不能不顺便提到一个与之相关的笑料。据说后来曾有一位姓薛的太守知扬州，他听说了欧公柳的故事后，也在平山堂前栽了一株柳，自命为"薛公柳"。谁知人民群众不买账,这位薛公任期届满前脚离开扬州,后脚就有人将"薛公柳"连根拔了。可见人心是杆秤,你自己说自己有多重,没用!

(二)

欧阳修给扬州留下一个装满浪漫故事的平山堂。千百年来,在此追慕欧公风雅,凭栏远眺江南诸山的文人墨客不计其数。堂上诗文楹联、横匾题额琳琅满目。本文的标题"远山来与此堂平"即是清代贵州巡抚林肇元于光绪年间游平山堂所题,他为平山堂的命名作了最好的注脚。若论楹联,清代嘉庆年间扬州太守伊秉绶的一联则为我最爱:

几堆江上图画山,繁华自昔,试看奢如大业,
令人讪笑,令人悲凉,
应有些逸兴雅怀,才领得廿四桥头,箫声月色;

一派竹西歌吹路,传诵于今,必须才似庐陵,
方可遨游,方可啸咏,
切莫把浓花浊酒,便当作六一翁后,余韵风流。

此联风格既浓艳浪漫,又沉郁冷峻。是的,扬州自开埠以来,曾几度繁华。隋炀帝杨广将大运河贯通之后,于大业年间三次来此巡游,其声势之浩大,用费之奢靡,古来少有。可悲的是,千里运河,能够浮载万千帆樯,却未能载得回杨广的身首,这位十九岁便统领五十万人马,横扫陈朝如卷席的大业皇帝,最终只落得扬州蜀冈背后雷塘上的一抔黄土掩埋其身。

　　大约过了五百年，欧阳修来了。欧阳修不仅是一位文学巨匠，而且是一位严谨的史学家。二十四史中的《新唐书》就是他与宋祁等人撰著的。这位既浪漫又严谨的艺术大师，一登上蜀冈，便发现了此地的妙处，此处为扬州地形的制高点，东接运河，西连广丘。朝南看去，青山隐隐，长江如练。

　　于是便在此筑堂，宴宾赏景。至今，坊间还流传着许多欧阳修在平山堂上诗酒风流的故事。清同治年间，扬州盐运使方濬颐，重修了平山堂之后，由陇东名士马福祥题匾"坐花载月"。清代两江总督刘坤一，更是在平山堂上写下了"风流宛在"四个擘窠大字，而且在书写时将"流"字少写了上面一点，而将"在"字多写了下面一点。后人于是编出故事来说，刘坤一之所以如此书写，是想让欧公的风韵流失得少一点，存在得多一点。但是，作为学者型太守的伊秉绶，登堂时的感受就与众不同了，他不屑于人们津津乐道的欧公风流韵事，而是改弦更调，另一番新声："切莫把浓花浊酒，便当作六一翁后，余韵风流。"是啊，欧阳修留给我们的平山堂，难道仅仅是一道景观？仅仅是风花雪月，诗酒流连？不！他还留给了我们一种胸襟，一种境界，一种以凛然正气横亘于古今之际，俯仰于天地之间的人格精神与博大情怀！看来伊秉绶真不愧是碑学大家，所撰之联有厚重的金石之味。

欧阳修在扬州任所不到一年，因身体衰弱而自请移知小郡颍州。但对于扬州的这段生活，却久久不能忘怀。事隔多年，他在开封府尹任上时，还填了一首《朝中措·平山堂》寄赠给后来出知扬州的好友刘敞：

平山阑槛倚晴空，山色有无中。手种堂前垂柳，别来几度春风。

文章太守，挥毫万字，一饮千钟。行乐直须年少，尊前看取衰翁。

曾有人对欧公此词中"山色有无中"提出质疑，说站在平山堂上，江南诸山尽收眼底。如何是"山色有无中"呢？并由此认为，这是由于欧阳修眼睛近视而造成的错觉。其实欧阳修此处是借用了唐代诗人王维的成句："江流天地外，山色有无中"，应该说是借用得恰到好处。

（三）

关于"山色有无中"这则笔墨官司，苏东坡也参加了讨论。他在《水调歌头·黄州快哉亭赠张偓佺》这首词中写道："长记平山堂上，欹枕江南烟雨，杳杳没孤鸿。认得醉翁语，山色有无中。"

苏东坡对平山堂是怀有一份特殊感情的，这份情感源自嘉祐贡举。

苏轼的父亲苏洵，少时不好读书，由于父亲健在，没有养家之累，故他在青少年时代有点像李白和杜甫的任侠与壮游，一生追求功名未遂。

宋嘉祐二年（一〇五七年），欧阳修主持科举考试，蜀中眉山人苏洵带着20岁的大儿子苏轼，18岁的小儿子苏辙来到京师应试。这年的试题是《刑赏忠厚之至论》，苏轼文章以忠厚立论，援引古仁者施行刑赏以忠厚为本的范例，阐发了儒家的仁政思想。在阅卷时，另一主考梅尧臣发现这一份答卷论证深邃，行文流畅，颇有"孟轲之风"，便将其推荐给欧阳修。欧阳修看后也大加赞赏，本当判为第一，但欧阳修以为这份试卷是自己学生曾巩的，为免别人闲话，便定成了第二。后来揭榜方知，乃是苏轼的试卷。接下来苏氏兄弟又通过了殿试，并双双及第。两个儿子的科场佳绩，令苏洵老泪纵横，他感叹道："莫道科场易，老夫如登天。莫道科场难，小儿如拾芥。"而此时苏洵虽未取得功名，但其文章已在京城被人广为传抄，加上两个儿子同时及第，简直如一声春雷震动了京城。

身为当时文坛领袖的欧阳修对苏家父子倍加推崇，说"天下文章当在苏氏父子"。"三十年之后将无人提及老夫矣！"在欧阳修的大力推崇与提携下，苏氏父子名声越来越大，欧阳修去世后，苏轼便成了北宋文坛的领军人物。而难能可贵的是，苏轼始终未敢忘怀自己的恩师欧阳修。一〇七九年，欧阳修已去世七个年头了，苏轼由徐州转知湖州，途经扬州之时，特地到平山堂去凭吊恩师，并写下了一首《西江月·平山堂》：

　　三过平山堂下，半生弹指声中。十年不见老仙翁，壁上龙蛇飞动。
　　欲吊文章太守，仍歌杨柳春风。休言万事转头空，未转头时皆梦。

最后两句，充满了对人生无常的叹息。也难怪，当时的苏轼也是一个贬谪之人，他因"乌台诗案"而获罪。先是坐牢，而后被贬至黄州，转徙汝州。

一〇九二年，苏轼由颍州调知扬州。此时欧公已作古二十年。为追思欧阳修知遇之恩，苏轼特在大明寺筑"谷林堂"，以示与恩师永远相伴。"谷林堂"取苏轼诗意："深谷下窈窕，高林合扶疏。美哉新堂成，及此秋风初。我来适过雨，物至如娱予。稚竹真可人，霜节已专车。老槐苦无赖，风花吹填渠。山鸦争呼号，溪蝉独清虚。寄怀劳生外，得句幽梦余。古今正自同，岁月何必书？"

欧阳修、苏轼，宋代文化星空中的双子星座，先后落户扬州蜀冈之巅。这是历史老人对扬州这座古城一笔最为厚重的馈赠。

（四）

还是回到那则笔墨官司上来。当初欧阳修建堂之时，王安石说"一堂高视两三州"固然有些夸张，但"江南诸山，拱揖槛前，似与堂平"乃是不争的事实。二十年前，我负笈扬州，在此作同学游，京口诸山，犹然可见。

然而，遗憾的是，今天，任凭你再好的眼力，平山堂也无法再现"远山来与此堂平"之美景了。眼前见到的是一片茫茫烟雾锁天地。更有市区的几座高楼，十分不知趣地昂然矗立于由平山堂眺望江南的视线中。

欧阳修当初也许以巧妙化用了王维的诗句而很是得意了一番，殊不知，他那句"山色有无中"竟成了一句谶语——江南山色，在平山堂的视线中真的从"有"到"无"了。惜乎！好在平山堂上一些楹联，还记录着当初气象的阔大与恢宏，多少能给游人聊补些登临之憾。兹录两副：

其一：
晓起凭栏，六代青山都到眼；
晚来对酒，二分明月正当头。

其二：

衔远山，吞长江，其西南诸峰林壑尤美；

送夕阳，迎素月，当春夏之交草木际天。

第二副对联乃集句而成，分别出自范仲淹的《岳阳楼记》，欧阳修的《醉翁亭记》，王禹偁的《黄冈竹楼记》，苏东坡的《放鹤亭记》，四位均为北宋名人。再看看这四篇文章写作的"时代背景"，也都是在他们贬谪之时。

作者简介：华干林，扬州大学文化传承与发展研究院特聘研究员，扬州大学美术与设计学院特聘教授，扬州电视台评论员。长期从事中国文化史及扬州文化研究与传播。发表论文论著多种，著有散文集《烟花三月下扬州》。为政府机关、大中专院校、厂矿企业等讲授扬州文化数百场次。

大明寺三则

王虎华

落日余晖中的平山堂

每当有朋友来扬州做客，我总是喜欢在夕阳西下时分带着他们拜谒蜀冈上的那处名胜——平山堂。十余年间，我曾分别于清晨、正午和傍晚去过这个地方。我觉得，绚烂华丽的朝霞，温煦热烈的午日，似乎都不符合这座"仙人旧馆"所洋溢弥漫的浓郁的历史氛围。而只有在落日的余晖中，才能使我们准确而充分地领略这处历史陈迹凸现和昭示着的人文精神。

这时分，流金般的晚霞笼罩着蜀冈的青峦翠壑，清脆的鸟鸣使山林更显出超凡脱俗的幽邃。已然稀少的游人，正陆续迈着急切的脚步匆匆归去。在一种逆行的奇特感觉中，四顾着来到平山堂前的行春台上，便接纳了这位历史老者的庄严、凝重、冷峻、睿智和渊博。如果有经验的比照，便能很容易地领悟，不唯早晨和午后的阳光不属于这位老者，而且白日里游人嘈杂戏谑的喧闹、花哨华贵的衣饰、不着边际的品评……也都通通不属于他。他所拥有的，只是夕阳、晚霞、鸟鸣、松涛、雾霭和来访者（不一定是游人）不言不语的默契。也就在这时候，每每从邻近的大明寺里传来僧人们做晚课的钟磬声、木鱼声、鼓钹声和朗朗的诵经声，这不是天籁而胜似天籁的声响，听来倒是叫人觉着与暮色四合中

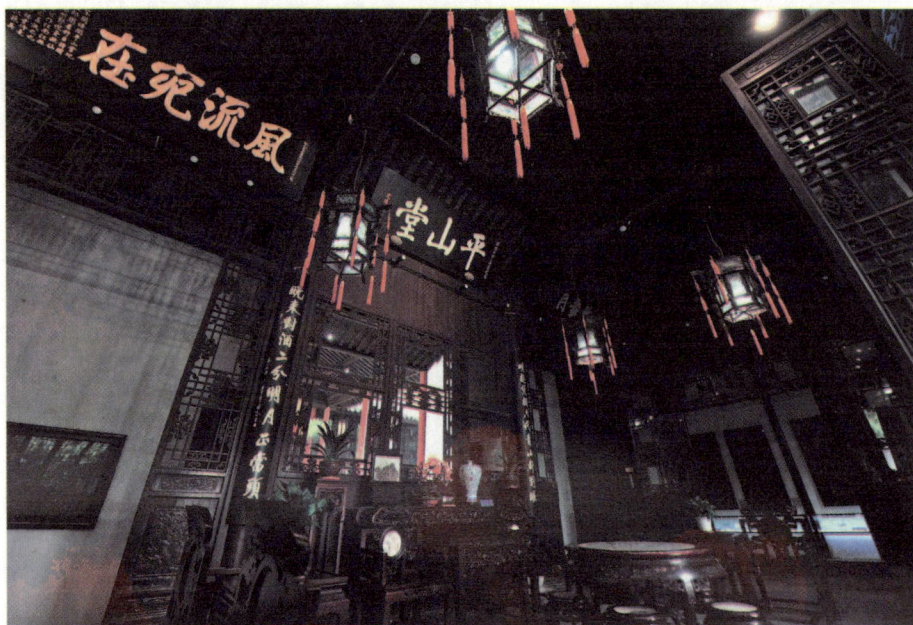

的平山堂有十二分的暗合与和谐……

在这有几分神秘的令人超脱和宁静的意境中，我和朋友们的目光开始搜寻和浏览此处的楹联与碑刻。——此乃不少看热闹的游人不感兴趣或者觉得枯燥无味的一个节目，而这或许恰恰正是他们以为朝霞艳阳中的平山堂与如血残阳中的平山堂没有什么区别的缘由。

平山堂与宋代的两个大名人密不可分。一个是欧阳修，一个是苏东坡。欧阳修曾官高枢密副使、参知政事，以为官正直著称，却因推行"庆历新政"失败而屡遭贬谪。他晚年自号"醉翁""六一居士"，足见其抑郁不得志。他在一首《朝中措》的赠词中写道："平山阑槛倚晴空，山色有无中。手种堂前垂柳，别来几度春风。文章太守，挥毫万字，一饮千钟。行乐直须年少，尊前看取衰翁。"年未及"耳顺"而自称"衰翁"，这在当时并不奇怪（他的学生苏东坡三十七八岁便"老夫聊发少年狂"了），但这种未老先衰的暮日般的心态，与当初发出"夫祸患常积于忽微，而智勇多困于所溺，岂独伶人也哉"之类浩叹的欧公，委实不可同日而语了。如此这般"坐花载月"的浪漫情状，风流是确实的，只是比起两三年前的那个"醉能同其乐，醒能述以文"的滁州太守来，未免又退步多了！

欧阳修作古十余年后，他的高足苏东坡登谒平山堂时，写了一首《西江月》，词云："三过平山堂下，半生弹指声中。十年不见老仙翁，壁上龙蛇飞动。欲吊文章太守，仍歌杨柳春风，休言万事转头空，未转头时皆梦。"这首词读来只觉消沉郁闷，个中因睹物思人而生发的联想，倒颇能扣人心弦。词句中充溢着的"四大皆空"的浓郁的禅佛气息，叫人很难相信这位忽而婉约忽而豪放的词人，两三年后居然又呼喝出了"大江东去"那样摇山撼岳的千古绝唱！此一时，彼一时，让人觉得那句出自引车卖浆者之口的"名言"——"到什么山唱什么歌"，难怪也流传千年。既然如此，置身于落日余晖中的平山堂，也只需体味这时节的意境，而无须故作高深地作"为赋新词强说愁"之类的"投入"了。

尚有几副名联值得一读。比如："过江诸山到此堂下，太守之宴与众宾欢。""晓起凭栏，六代青山都到眼；晚来对酒，二分明月正当头。"

不难想象——夕阳西沉，彩霞布天，暮霭氤氲；飞鸟各投林，倦兽已归巢；初上的如豆灯烛在晚风中摇曳跳荡，满座宾朋的寒暄戏谑之声飘向幽寂的山涧；清醇的酒水落入杯中发出清脆悦耳的乐音，热气腾腾的维扬菜肴由水袖飘舞、螺髻高耸、花容玉貌的侍女轻托上桌……是延宕了一天的盛宴即将散席，还是又一场豪华的晚宴在笙箫管弦声中刚刚开饮？

我和朋友们不能再作深究，因为这时急于下班的工作人员一定已经催促过好几遍了。沿着大明寺前的石阶逐级而下，可以听到我与朋友们的双脚踏出的空谷足音。当初，欧阳太守披星戴月，由侍者搀扶着，也是从这里下山的吧？

（1994年）

平山栏槛倚晴空

朋友刘敞（原甫）就要去扬州当知州了，欧阳修曾是他的前任，设宴送别之际，难免感慨系之，于是便有了这首《朝中措·平山堂》——

> 平山阑槛倚晴空，山色有无中。手种堂前垂柳，别来几度春风。
>
> 文章太守，挥毫万字，一饮千钟。行乐直须年少，尊前看取衰翁。

古人送友赴任，通常只写诗而不写词，因为词历来被视为"艳科"。欧阳修写词送别，将词提高到与诗同等的地位，成为词史上的一个创举。这一创举竟是从写平山堂开始的，当然让扬州人深感欣喜与荣幸。

词的第一句便营造了一种磅礴突兀的气势，这气势最终统治了全篇。平山堂的地势确实很好，背负蜀冈，四望空阔。不过它的海拔并不算高，绝无凌空矗立之高峻。然而经词人这一气势磅礴的吟咏，便确立了平山堂雄伟而崇高的地位。当初命名，盖因"江南诸山，拱揖槛前，若与堂平"。主人俨然万物主宰，接受诸山朝圣，可谓唯我独尊。此词开篇气势不凡，也属一脉相承，合情合理。"山色有无中"，借用王维诗句，融化无迹而自然贴切。"晴空"与"有无中"似有抵牾，曾遭人质疑，因为其时平山堂"下临江南数百里，真（仪征）、润（镇江）、金陵（南京）三州，隐隐若可见"，山色自当清明。不管怎样，如今这一质疑足以被高楼与烟尘抹杀了。晴空尚可遇，山色是彻底没有了，所幸的是我们还有诗词和故事。

"手种堂前垂柳，别来几度春风。"一别八年，当初在平山堂前栽种的垂柳，如今不知长得怎么样了。"昔我往矣，杨柳依依。"然而欧公殷殷之情，何止在柳！扬州之于欧公，会是什么样的深情，我想扬州人更能感同身受。"欧公柳"的故事固然是因了欧公风雅而传颂，但"薛公柳"的陪衬亦大有功劳吧。以风流自诩的薛嗣昌太守，在欧公柳旁亦种一柳，自榜为"薛公柳"。民众则嗤之以鼻，待薛嗣昌卸任前脚刚走，后脚就将这株树伐除了。人心向背，一似世态炎凉，同样残酷无情。

刘敞才思敏捷过人，写文章倚马而就，欧阳修常写信向他请教问题，刘对着使者挥笔，"答之不停手"，令欧公十分佩服。所以欧阳修用"文章太守，挥毫万字，一饮千钟"送他。只十二字，朋友才华横溢而又气度豪迈的形象便栩栩如生了。

"行乐直须年少，尊前看取衰翁。"人生易老，及时行乐。末二句貌似消极，其实未必。饯别设宴，知己面对，谁能不大发人生感慨？几经贬谪，宦海沉浮，难免心灰意冷。但欧公和古代士大夫们有着共同的心理，得意时效命朝廷，以天下为己任；失意时寄情山水，借诗酒遣烦恼。"居庙堂之高则忧其民，处江湖之远则忧其君。"壮志难酬之时，除了面对现实听天由命，还能怎样呢？

文字的魅力是巨大的，它可以使被吟咏的物体死而复生，与世长存。这样的例子比比皆是：岳阳楼因为有范仲淹的记，滕王阁因为有王勃的序，黄鹤楼因为有崔颢的诗，因而千百年来屡毁屡建，可说是"楼以文贵"。而平山堂的情形则又有不同。"醉能同其乐，醒能述以文"，欧阳修其人其文，言说不尽。平山堂是历代文人墨客留下诗文最多的扬州名胜，这与欧公的为人、为政、为文都不能分开。

"遥知为我留真赏"，刘敞与欧公的心是相通的。如今，真不知有多少人能解平山堂的真意。如果以为灰色心情中的欧阳修，只是整日在平山堂花天酒地，及时行乐，那就大错特错了。事实上，他的"坐花载月"，类似于王羲之发起的兰亭修禊，而绝非精神空虚的腐败官员们那样的寻欢作乐。他在扬州期间，也绝非词中自谦之"衰翁"模样，而是针对其时政治积弊，为政宽简，为民请命，不兴事，不扰民，举大体，重实效。因而与在滁州一样，深受扬州百姓欢迎和感戴，两地均"生为之立祠"。

平山堂称得上是"堂以人贵"了。欧阳修告诉我们，人格的魅力，无论对于文人还是官员，都至关重要，所谓"金杯银杯不如百姓口碑"吧。美文会使美的建筑千年不败，美德同样会让美的建筑千古兴旺。苏轼在《西江月·平山堂》中说："欲吊文章太守，仍歌杨柳春风。""欧公柳"无疑会青史永垂，但如果以为欧阳修是因为栽了一棵柳树而赢得了名声，那就会像薛嗣昌那样东施效颦，栽下"薛公柳"，徒留千年笑柄。

平山堂早先建在大明寺旁，现今是在寺庙的地盘之内了。许多年来，扬州人是不大说去大明寺的，而更多的是说去平山堂。不知什么时候起，情况悄悄发生了变化。如今似乎更多的人是说去大明寺，而说去平山堂的人则越来越少了。这一变化是微妙的，我在想，仅仅是因为平山堂属于大明寺的地盘吗？

（2005 年）

鉴真大师的微笑

坐落于扬州大明寺的鉴真纪念堂内，鉴真大师的塑像微笑着端坐在莲花宝座上。这尊干漆夹纻像，是 1980 年鉴真大师回国"探亲"期间，由扬州雕塑艺术家按照日本唐招提寺鉴真像原样复制的。它与被奉为"日本国宝"的鉴真塑像几乎一模一样，反映了扬州当代雕塑艺术家的高超技艺。

僧人们静坐入定的时候，都是双目紧闭的。鉴真大师闭着双眼，恐怕也不只是因为他的双目失明。我们从鉴真大师微笑着的脸上，到底能看到一些什么呢？

鉴真置生死于度外，毅然东渡弘法，是出于信念的力量。

　　当时，日本留学僧来到扬州大明寺，恳请鉴真大和尚派遣他的弟子东渡日本传戒受律。大师询问弟子们有谁愿意东渡，在场的三十多个弟子竟没有一个人回应。于是鉴真决定亲自前往，他说："是为法事也，何惜身命！诸人不去，我即去耳！"（为了弘扬佛法，怎么能顾惜性命呢！你们不去，我就一个人去！）

　　按照一般人的思路，以鉴真当时的身份和声誉，是不必冒性命之险东渡日本的。再说，日本僧人根本也没有邀请鉴真亲自东渡的奢望。可是，为了"法事"，鉴真义无反顾。

　　这就是信念的力量。鉴真的笑容也许是告诉我们：拥有坚定正确的信念，是成就一切事业的基本前提。

　　信念一经确定，不等于再不会动摇。可是，在鉴真的人生词典里却没有"动摇"二字。

　　他决定东渡时已是55岁，66岁时才成功到达日本。历时10年，历尽艰险，千辛万苦，荣睿、祥彦等36人死于东渡途中，却没有动摇反而更加坚定了鉴真的决心。特别是双目失明以后，大家都以为他会选择放弃，可是事实上他却没有。

十年寒暑，不生悔意，坚忍不拔，百折不挠，不是常人所能做到的。

坚持到底，就能感动上帝，成功就会降临。

鉴真十年历险，最终却是搭乘日本遣唐使的"便船"去了日本，成就了他的宏愿。这是多么偶然，简直有些阴差阳错。这段在中日交往史上具有划时代意义的章节，看起来确实颇为偶然。其实，偶然中蕴涵着必然。若不是鉴真的矢志不移，哪有机遇的最终来临？

鉴真的微笑好像在说：如果没有理想与信念的支撑，没有坚持到底的意志和决心，再多的机遇也没有任何意义。动辄放弃，安于现状，贪图逸乐，那就永远没有机遇可言。

也许懒惰是人的天性，因而人们普遍认为，成功的秘诀往往在于能否吃得了大苦。那么，扬州人到底能不能吃得了大苦呢？

鉴真是地地道道的扬州人。鉴真精神是地地道道的"扬州精神"。鉴真去了日本，成为日本的"文化恩人"，同时也向日本人展现了他的"扬州精神"。这是一笔非物质财富，它对人类具有普适意义。

回顾千年历史，鉴真精神似乎并没有被太多的扬州人所继承与弘扬，这成了扬州历史文化中的一个遗憾。

鉴真的笑容是不是在问：在"扬州精神"的薪火传承中，有没有在扬州的某些时段、某些群落中淡化与缺失？

清代康乾盛世，扬州在落日的辉煌中再现出又一次繁荣。然而，创造这一繁荣的主体，却并不是扬州人，这已经足以让扬州人反思。

谁都知道，在当时的条件下，东渡日本，真可谓"沧海渺漫，百无一至"，成功的希望十分渺茫。事实上鉴真东渡，历时十年，六次东渡，五次失败。鉴真东渡是一种典型的冒险。他却敢于冒险，甘于以自己的生命打拼，这是一种何等可贵的豪气！

我们如何对待鉴真大师留下的宝贵精神遗产？充分发挥鉴真大师的影响，打好"鉴真牌"，做好经济、文化方面的文章，固然十分重要。然而，对于扬州人而言，继承鉴真那种为了实现理想信念而一往无前的精神，其实更为重要。那些安于现状、故步自封、贪图安逸、享乐主义、怕苦畏难、不敢冒险、消极等待、得过且过等等旧思想和旧习惯，与鉴真精神是格格不入的。

鉴真大师的笑容是耐人寻味的。那是一种会心的笑意，是大彻大悟，是不言而喻，也是曲高和寡的无奈。对不同的扬州人而言，他的微笑或许是满意与欣慰，或许是敦促与鼓励，或许是宽厚与包容，也或许是批评与规劝。

（2007年）

作者简介：王虎华，1958年出生于江苏靖江，1982年毕业于南京大学历史系，曾任扬州市政协文史委员会主任、江苏省作家协会理事、扬州市作家协会副主席。著有《扬州宗教史话》等，业余从事文学创作，在《人民文学》等刊物发表小说、散文，出版作品集《良宵》。

过海大师鉴真

韦明铧

一千多年前，中国有两位伟大的佛教圣贤，先后往西天取经，向东瀛弘法。他们，就是我们崇敬的玄奘法师和鉴真法师。

往西天取经，表现了中华民族追求真理的虚怀若谷。而向东瀛弘法，则显示了古代圣贤普度众生的慈悲为怀。

玄奘法师在浩瀚的戈壁中经历了九九八十一难，而鉴真法师在浩渺的大海中历尽了九死一生。他们留给我们的精神与财富，与其说是佛教的，毋宁说是民族的、人类的。

鉴真（688—763），俗姓淳于，扬州人。少时在扬州大云寺出家，后游学洛阳、长安。回扬州后，建佛寺、造佛像、讲佛法达四十余年，江淮间尊为授戒大师。应日本僧人邀请，鉴真发愿东渡弘佛，十数年间，六次渡海，九死一生，百折不挠，终于抵达东瀛。鉴真将律法、医药、雕塑、绘画、书法、建筑等盛唐文化弘扬扶桑，成为中日两国友好先驱。

唐代扬州，佛教盛行，民间大兴崇佛之风。鉴真的父亲诚心向佛，曾在寺庙受戒。鉴真十四岁时，随父亲到扬州大云寺参佛，见佛像而心生感动，向父亲要求出家。父亲认为他与佛有缘，同意他的想法。鉴真十六岁时，在大云寺出家。两年后，道岸律师为鉴真授菩萨戒。从此后，鉴真一心钻研律学。

唐景龙元年（707），鉴真为进一步深造，从扬州千里迢迢前往东都洛阳。洛阳是华夏古都，佛教文化历来兴盛。自白马寺建成后，洛阳成为中国北方佛教重镇，中外高僧常在此交流心得，佛教的节诞、俗讲、赏花、结社、观灯等也在民间蔚成风气。鉴真在洛阳，时刻浸润于佛国氛围之中。

唐景龙二年（708），鉴真来到大唐京城长安。在长安实际寺，由著名的律宗法师弘景主持，为鉴真举行具足戒仪式，见证的各寺高僧有十二人。此时鉴真才二十岁。此后数年间，鉴真来往于长安、洛阳二京，潜心于经、律、论三藏，终于成为学识渊博、道行深厚的僧侣。

唐天宝元年（742）、日天平十四年，日本僧人荣睿、普照来到扬州大明寺，诚邀鉴真到日本弘法，鉴真欣然允诺。当鉴真经历劫难到日本时，已六十六岁。鉴真在日本受到隆重礼遇，被封为传灯大法师、大僧都，在日本建立了正规的戒律制度。唐广德元年（763）、日天平宝字七年（763），鉴真在唐招提寺圆寂，享年七十六岁。

鉴真东渡六次，百折不挠，屡败屡战，最后终获成功，而这正是他留给后人的精神财富。

第一次东渡，于唐天宝元年（742）年底开始准备，在扬州附近的东河既济寺造船。天宝二年（743）春，准备工作大致就绪。不料，僧人道航和如海发生矛盾，如海诬告道航等造船入海，勾结海贼。于是荣睿、普照、玄朗、道航等均被拘禁。经说明情况，被拘僧众得到释放。首次东渡就此夭折。

唐天宝二年（743）冬日，鉴真准备二次东渡。由鉴真出资，购下岭南道采访使所属军船一艘，雇好水手，置备停当，于十二月从扬州举帆启程，同行者八十五人。船循运河入江，再东行入海。行至明州（今浙江余姚）时，遭到恶风巨浪袭击，船被击破，众人被迫登岸，暂居明州阿育王寺。二次东渡遂告结束。

唐天宝三载（744）春，鉴真应越州（今浙江绍兴）、杭州（今浙江杭州）、湖州（今浙江湖州）、宣州（今安徽宣城）等地寺院邀请，往各地讲法。回到阿育王寺后，准备三次东渡。此事被越州僧人得知，为挽留鉴真，他们向官府控告日本僧人潜藏中国，引诱鉴真，结果荣睿被捕。三次东渡就此作罢。

唐天宝三载（744）冬，鉴真决定从福州买船出海。他率弟子三十余人，从阿育王寺出发，一路巡礼佛迹，取道南下福州。本拟经临海（今浙江台州），过永嘉（今浙江温州），以入闽境。不料弟子灵佑担心师父安危，请求官府阻拦，结果鉴真在黄岩禅林寺被护送回扬州，四次东渡不了了之。

唐天宝七载（748）春，荣睿、普照再到扬州拜谒鉴真，准备五次东渡。六月末，鉴真一行三十五人从扬州新河出发，到越州（今浙江绍兴）三塔山。一月后出海，不幸遭遇飓风，漂泊至海南。鉴真在振州（今海南三亚）大云寺停留一年后北返，经崖州（今海南海口）、雷州（今广东雷州），到始安（今广西桂林）住一年。后到广州讲法，经吉州（今江西吉安）、江州（今江西九江）、江宁（今江苏南京）回到扬州。其间，荣睿病死，鉴真失明。五次东渡又告失败。

唐天宝十二载（753），日本第十次遣唐使藤原清河等到扬州参见鉴真，再次邀请他到日本传教，鉴真当即表示应允。他随带各种经论、书法、佛像、绣轴、舍利、金塔等，于十一月起航。经过一个多月航行，于日天平胜宝五年十二月抵达日本，终于实现夙愿。此时，鉴真已六十六岁。六次东渡终于成功。

鉴真是连接中国和日本的友谊之舟。中日两国一衣带水，远古时已有交往。大海将国与国隔开，也将国与国相连。唐朝经济繁荣，文化发达，海洋航运有很大发展，扬州是唐代造船基地之一，这也是鉴真东渡的基本条件。日本为学习大唐先进文化，多次派遣唐使船队。船队一般由三艘海船组成，除官员、学者、画家、翻译外，半数为水手。两国海船维系了中日友谊。

鉴真使古大明寺和唐招提寺结下佛国之缘。扬州大明寺位于蜀冈中峰，因始建于南朝刘宋大明年间（457—464）而得名。隋代称栖灵寺，唐末称秤平寺，清代称法净寺。鉴真曾任大明寺住持，从而使大明寺成为中日关系史上的名刹。奈良唐招提寺位于西京五条街，由鉴真于日天平宝字三年（759）建造。有金堂、讲堂、经藏、宝藏、礼堂、鼓楼等。寺中供鉴真大师坐像。具有盛唐建筑风格的唐招提寺已成为日本国宝。

鉴真让石灯之光与天平之甍成为永恒之珍。灯笼有光明之意，佛前献灯是佛家的重要礼仪。扬州鉴真纪念堂前，有日本森本长老赠送的石灯笼，它以长明之光祈愿中日友谊长存。甍是屋脊之意，象征着高峰。日本人称鉴真为"天平之甍"，意为鉴真取得的成就，代表日本天平时代文化的最高峰。

鉴真纪念堂与鉴真大师墓寄托了中日人民的无尽之思。鉴真纪念堂位于扬州大明寺内，1973年建成，纪念中日友好先行者鉴真。由建筑学家梁思成参照唐招提寺金堂设计，具有盛唐建筑风格。前为门厅，中为碑厅，后为殿堂，堂内供鉴真楠木雕像。鉴真大师墓坐落于唐招提寺东北部院落里。院内树木葱茏，地上长满苔藓。墓前有石灯笼，燃着长明灯。墓前水池中生有芦苇，据说叶子都向着中国。墓左侧有中国总理来访时手植的扬州琼花。

琼花和樱花是象征中日人民世代友好的和平之花。琼花为扬州市花。琼花开放时，花大如盘，洁白如玉，自古有"维扬一株花，四海无同类"之誉。琼花以高雅的风姿、坚贞的风韵、浪漫的传说，博得扬州人的厚爱。樱花为日本国花。樱花盛开时，满树烂漫，如云似霞，日本被称为"樱花之国"。樱花之美不仅因为它妖媚娇艳，还因为它在最辉煌时凋谢，日本人谓之"樱花情结"。琼花与樱花，象征着鉴真大师开启的中日友谊永远纯洁绚烂。

玄奘西游，鉴真东渡，堪称唐代高僧的双子星座。他们的脚步将永

远引导我们，不畏艰险，勇于探索，身居中土，放眼世界，坚定不移而充满自信地走向理想的净土与心灵的彼岸。

当伟大的鉴真法师的坐像回国探亲之际，我有幸参与策划并撰写了鉴真纪念邮册的文字。现在，谨用《题鉴真大师坐像回乡》一诗聊表对这位乡贤的钦佩与爱戴：

> 曾闻精卫敢填海，
> 还羡女娲能补天。
> 为渡苍生拼一命，
> 只将道义担双肩！

作者简介：韦明铧，一级作家，文化学者。现为扬州文化研究所所长，扬州市政协常委，扬州市民间文艺家协会副主席，扬州市曲艺家协会副主席兼秘书长。

平山堂与大明寺空间关系考

　　扬州平山堂于宋代庆历年间矗立在城外西北的蜀冈，但最早的具体位置为何，欧阳修本人未明说，人们惯引宋人"大明寺侧""大明寺庭之坤隅"之说。但此址是最初的位置还是某次重修后的所在？前人未曾关注。千年以来平山堂又毁建多次，且有改作司徒庙、并入大明寺的记载。明代人有称"城西之平山堂"，今日亦有人称宋代至明代前期，平山堂不在蜀冈中峰，而在西峰，甚至有人称今日平山堂在蜀冈西峰者，所述不一。

　　今日之平山堂在大明寺内，大明寺在蜀冈中峰。宋代至清代，平山堂在蜀冈的位置，难以像今日之某路某门牌号般确认，这一时期中是否搬建到西峰，不能妄断有无，当就史料中平山堂与周边建筑或地名的相关记载加以考察。鉴于平山堂最早就是以大明寺为坐标，故一以贯之，以平山堂与大明寺的空间关系为中心兼涉其他，来辨明各时期平山堂在蜀冈的具体位置。

一、宋代平山堂有易址，由大明寺内而寺侧

　　平山堂的最早记述，是欧阳修于修建次年写给前任扬州太守韩琦的

80　　/ 名人笔下的大明寺 /

一封信，谓自己"幸遵遗矩，莫敢有逾；独平山堂占胜蜀冈，江南诸山，一目千里，以至大明井、琼花二亭。此三者拾公之遗，以继盛美尔"。表明平山堂在蜀冈。

现知，欧阳修创建平山堂后，整个宋代有六次重修。其中有无易址？值得考察。六次重修，存有四次重修的"记"文。第一次重修在1064年，沈括所记，是"悉撤而新之"，撤，撤换建筑材料之谓也，当指原地翻新，没有易址。洪迈所记1165年周淙主持的第二次重修，修前是"瓦老木腐，因之倾陊，荐之以兵草，而遗址离离，无复一存，荒烟白露，苍莽灭没"。1182年前后，赵子濛修葺，无记文。1189年郑兴裔主持第四次重建，其《记》文云：周淙所修之平山堂已是"荆榛塞道，荒葛冒途，颓垣断栋，率剥烂不可支撑"，遂"新此堂"。1210年，赵师石帅扬州，平山堂因战火而"为荆榛瓦砾之场"，遂有第五次重修之举，楼钥的《记》文残缺，现存文字，未涉及建堂地址。第六次重修，"宝庆间（1225—1227）史岩之更修葺之"。

综上，第一、二次重修相隔百年，其间平山堂遭兵火，已无复一存；故1165年第二次重建地址变动的可能性较大。其后到第四次重建，时间跨度不到30年，旧堂尚存，大体从第二次重建原址上新建。第五次重建易址可能较大，而第六次距前次不过10多年，应承前而维修居多。简言之，宋代平山堂在蜀冈的具体位置，可能情况是1048年初建原址，1165年易址，1210年再次易址。

根据这种理解，翻检其他宋人资料，看看平山堂址到底有哪些变化。

（一）欧阳修同时代人记述：初建及第一次重修之平山堂在大明寺内

大明寺早已有之，唐代出现过名僧鉴真，不赘。翻检与欧阳修同时代或稍后者的诗文记述，发现此时平山堂极有可能在大明寺内。

第一则，梅尧臣的几首诗。

梅尧臣（1002—1060）与欧阳修为好友，卒时距 1048 年建造平山堂不过 12 年。梅尧臣多次出入扬州，有数首关于平山堂的诗歌，其中有三处提及平山堂与大明寺的关系。

其一，《平山堂杂言》：

> 芜城之北大明寺，辟堂高爽趣广而意庞。欧阳公经始曰平山，山之迤逦苍翠隔大江。天清日明了了见峰岭，已胜谢朓龁龁远视于一窗。亦笑炀帝造楼摘星放萤火，锦帆落樯旗建杠。我今乃来偶同二三友，得句欲口霜钟撞。却思公之文字世莫双，举酒一使长咽慢肌高揭鼓笛腔，万古有作心胸降。

谓大明寺辟堂，又提及欧阳修，似乎是说在大明寺所属地盘上建造了平山堂。而自有了平山堂，蜀冈也被诗人称为"平山"，甚至大明寺也被称为"平山寺"。

其二，《和永叔答刘原甫游平山堂寄》：

> 黄土坡陁冈顶寺，青烟幂历浙西山。
> 半荒樵牧旧城下，一月阴晴连屿间。
> 人指废兴都莫问，眼看今古总输闲。
> 刘郎寄咏公酬处，夜对金銮步辇还。

歌咏对象是平山堂，第一句点明大明寺（冈顶寺）的所在，似乎告诉读者平山堂自在寺内。

其三,《大明寺平山堂》:

> 陆羽烹茶处,为堂备宴娱。
>
> 冈形来自蜀,山色去连吴。
>
> 毫发开明镜,阴晴改画图。
>
> 翰林能忆否,此景大梁无。

诗题两者连说而下,或有两解:一是大明寺、平山堂相连相接,至少相距不远;一是大明寺之平山堂,堂在寺内。两解都说明两者地理位置很近。"陆羽烹茶处",即欧阳修所谓"大明寺井";既为大明寺井水,则必在大明寺内。"备宴娱"之"堂",据诗题即是平山堂,该堂借大明寺井水来娱宴宾客,自当同处大明寺内吧。梅尧臣《平山堂留题》也提及"陆羽井苔粘瓦缸,煎铛泻鼎声淙淙",可做旁证。故此,《大明寺平山堂》诗题最合理的解释是,大明寺之平山堂。梅尧臣这三首诗,似乎

表明平山堂就建在大明寺内。

第二则，苏颂（1020—1101）写于元祐八年（1093）扬州任上的诗，怀念扬州诸前任太守，述及欧阳修，谓："乐安予旧馆，早岁窥墙仞。儒林仰宗工，政府发闳论。虽无鼎铭勋，却有书传信。"自注云："予举进士日，欧阳公主文衡，误见赏拔。后留守宋都，予在幕府，自尔相知尤厚，始终不替。大明寺平山堂公所作，最为一郡之胜。"亦谓大明寺平山堂，其意当与梅尧臣《大明寺平山堂》之诗题同解。

第三则，秦观（1049—1100）有《次韵子由题平山堂》诗，首联云："栋宇高开古寺间，尽收佳处入雕栏。"交代平山堂建在古寺间，不云古寺旁、古寺边，而写"古寺间"，自有意味。

第四则，南宋施元之（1102—1174）注苏轼《次韵和晁无咎学士相迎》："每到平山忆醉翁，悬知他日君思我。路傍小儿笑相逢，齐歌万事转头空。赖有风流贤别驾，犹堪十里卷春风。"诗注云："平山堂在扬州大明寺，欧阳文忠公修建。"该注的说法，"平山堂在大明寺范围内"的意思最明显。

第五则，宋人张邦基（1131年前后在世）《墨庄漫录》云："扬州蜀冈上大明寺平山堂前，欧阳文公忠手植柳一株，谓之欧公柳。"张邦基是扬州所属高邮人，有亲友居住在扬州，他对平山堂地址的记载，当是亲临考察后的记述，而非转述前人吧。

此五则材料，时间最早的是梅尧臣的三首诗，均在1064年之前；其他四则，不在1064年之前，也后1064年不远。这些材料都或明或暗说明，堂在寺内。笔者也注意到，在此时段中，没有发现与上述相反的记载。

堂在寺内的说法，此后还有流传，如南宋末年何士信编《群英草堂诗余》注晁无咎《八声甘州·追和东坡韵》"应倚平山栏槛，是醉翁饮处"句云："欧阳文忠公知除州日，作亭琅琊山，自号醉翁，因以名亭。后守扬州，于僧寺建平山堂，甚得观览之胜，堂下手植柳数株。"

（二）1200年后相关记载：第二次重修平山堂在大明寺侧

本文开头提及人们惯引宋人"大明寺侧""大明寺庭之坤隅"之说，其实源自南宋王象之宝庆（1225—1227）年间完成的（1163—1230）《舆地纪胜》："平山堂，在州西北五里大明寺侧。庆历八年二月，欧公来牧是邦，为堂于大明寺庭之坤隅。江南诸山，拱列檐下，若可攀取，因目之曰平山堂。"这是地理专书中的最早记载，一般也认为是平山堂具体位置最早的明确记载。该书将洪迈为1165年重修所写《平山堂后记》称为《新平山堂记》，而未提及1190年郑兴裔的《平山堂记》，故所记很可能是1190年之前位置。稍后，祝穆撰《方舆胜览》则抄录《舆地纪胜》而已。

其实，南宋李壁（1159—1222）注王安石《平山堂》诗题已说："平山堂在扬州城西北五里大明寺侧。庆历八年二月，欧阳公以起居舍人知制诰来牧是邦。暇日将僚属宾客过大明佛寺，登古城，遂撤废屋，为堂于寺庭之坤隅。江南诸山拱列檐下，若可攀取，因目之曰平山堂。"李壁表述平山堂的命名及其与大明寺的空间关系，与王象之基本一样。李壁在诗注中说"余乙丑年（1205）以使事尝至堂上"，故知第四次重修后平山堂肯定在大明寺侧。李壁《王安石诗注》首刊于嘉定七年（1214），所记当早于王象之。

据此可断定，堂在寺侧的说法，出现在第二次重修（1165年）后。此前多言大明寺平山堂，此言平山堂在寺侧，结合第二次重修"记"文叙写的情况，合理推断此时平山堂与大明寺的关系发生变化，由寺内易址到寺外，殆无疑义。第五次重修，纵使易址，也不会回归到大明寺内。

李壁、王象之所记平山堂位置的关键信息为：一句谓大明寺侧，一句谓大明寺庭之西南隅。两句从不同角度阐释堂、寺空间关系。前句，

"侧"，交代寺（建筑群）、堂（单体建筑）的关系，即两个独立单位的空间关系。但"侧"方位不明，且狭义是紧邻，广义则非紧邻，可能间隔一二建筑。后句则交代平山堂与大明寺的方位关系；"庭"指寺之主殿吧，坤隅，指西南方向。笔者理解为：主殿之南为前庭或山门，山门之西即平山堂所在。"庭"的西南方向就是平山堂。把两句联系起来，则意味着：平山堂就是大明寺的西侧紧邻。

宋代末年，平山堂衰破残败，但声名尚在，时人尚喜登临怀古。与空间位置有关的信息，主要是理宗（1224—1264）时诗人张蕴的一首《平山堂吊古》：

> 隔江山色画图中，故址荒来与庙通。
> 画地雄吞淮海水，占星高直斗牛宫。
> 试评蜀味长泉变，欲唱欧词古柳空。
> 往事茫茫增感慨，聊凭戍卒指西东。

"故址荒来与庙通"，透露了平山堂与某庙的空间关系。据现存最早扬州府志即明代《（嘉靖）惟扬志》所记，司徒庙"在县西北善应乡平山堂西。宋有司徒庙，即此也。"谓此话之意，前句是交代司徒庙于明代当时的位置；后句表明该庙与宋代司徒庙的关系。明代司徒庙的位置，不一定就是宋代原址，但可以想见，宋代的司徒庙应该就在平山堂附近。所以，宋代张蕴诗中与平山堂故址相通的"庙"，应当就是这个司徒庙吧。

但鉴于宋代平山堂与大明寺的近邻关系，相通之"庙"似乎也有另一种可能。虽说就宗教、祭祀意义的字义而言，寺、庙本有区别。寺，专指佛教专祀场所；庙，专指祭祀鬼神、传说人物等。但早在南北朝时期，寺庙已经并称，民间造庙造寺虽沿袭惯例，但在口头称谓上也多将寺称为庙。比如，就宗教场所而言，和尚为庙，尼姑为庵，道士为观。故似乎也不能排除指的是"大明寺"。

不管此庙是司徒庙还是大明寺，此诗句也证明平山堂在大明寺外，否则不存在"与庙通"的说法。倒推上去，第五次重修后，平山堂肯定建在大明寺侧。至于是承袭第二次重修地址还是此次再次易址，有待新资料来确认。

作者简介：明光，江苏扬州人，副教授、硕士生导师，扬州市文史馆文化文史研究顾问。从事古代文学、古代戏曲和扬州地方文化研究，出版专著《扬州戏剧文化史论》《清代扬州盐商的诗酒风流》等；参编江苏省社科基金重点委托项目《江苏地方文化史》之《扬州卷》等。近年专注于扬州平山堂文化、扬州方言文化。

史家之绝唱

—— 追忆梁思成设计鉴真纪念堂

余志群

1963 年鉴真圆寂 1200 周年，中日两国鉴真纪念委员会商定在扬州大明寺内建造鉴真纪念堂，至 2023 年正好 60 个春秋。该工程 1973 年竣工，1984 年荣获全国优秀建筑设计一等奖，2016 年 9 月，经中国建筑学会和中国文物学会评定入选"首批中国 20 世纪建筑遗产名录"。江苏只有南京、扬州两市有项目登榜，扬州获如此殊荣者仅鉴真纪念堂一处。

鉴真纪念堂的设计者梁思成，早年清华毕业，赴美获建筑学士、硕士，又去哈佛研读建筑史。其生前有许多头衔，如建筑学家、建筑教育家、中国近代建筑之父、中国建筑学科的开拓者和奠基人等等，但其本色是中国建筑历史学家，是"研究中国建筑历史的宗师"。鉴真纪念堂是他最后一次以设计者身份承担的任务，是这位史学家的"绝唱"。

只身下扬州

1963 年仲夏，扬州六圩轮船码头。时任扬州市城建局副局长朱懋伟在迎接一位贵宾的到来，他是谁？——清华大学建筑系主任、鉴真纪念堂的设计者梁思成。不一会儿，镇江轮渡靠岸，人潮汹涌直奔大客车。在人群渐渐稀疏之中，看到梁思成，旁边还有同济大学教授陈从周，朱懋伟有点诧异，上次来信还说"同行者有清华土建系城市规划教研组主任（副教授）朱畅中"，怎么换成陈从周了呢？好在陈从周从1956年开始，暑假几次带领同济学生在扬州测绘扬州园林古建筑，也算是老朋友了。朱懋伟笑吟吟地邀请二位上车，绝尘上扬州。

这是梁思成第一次踏上扬州的热土。唯见窗外蓝天白云，麦浪起伏，人们在田间挥镰收割。进入古城，路虽不宽，倒也收拾得干干净净，尤其是远远望见的文昌阁，还有浓荫匝地的古银杏以及高耸的盐运司衙门，给这位古建筑一代宗师留下极好的印象。因为扬州的景致与梁先生憧憬的中国城市——"在城市街心如能保存古老堂皇的楼宇，夹道的树荫，衙署的前庭，或优美的牌坊"[①]的模式——暗合。

梁思成只身下扬州。什么事情让梁思成走得那么急呢？那还得从1962年谈起。当时中日邦交还未正常化。周恩来总理和中日友好协会会长廖承志都对主持中国佛教协会工作的赵朴初说过，中日的和平友好对亚洲和平和世界和平都有重要意义，佛教方面是一个很好的渠道。赵朴初心领神会，便对一位日本朋友说："我们共同纪念鉴真和尚好不好？1963年是鉴真和尚圆寂1200周年，我们纪念鉴真和尚，要有好题目才能有好文章。"[②]日本朋友很赞成这后一句话，同意由中日两国佛教界共同纪念鉴真和尚圆寂1200周年，周总理很快采纳了这一建议，并批准成立了"鉴真和尚逝世1200周年纪念筹备委员会"，由赵朴初担任主任，并指示由中国佛教协会牵头负责具体工作。筹备委员会作出了在鉴真故乡、扬州法净寺（即大明寺）建立鉴真纪念堂的决定，同时委托筹备委员会

---

① 　梁思成《中国建筑史·代序》

② 　赵朴初名誉团长1997年10月14日讲话摘录（《大明寺志》第177页）

成员梁思成为鉴真纪念堂的设计师。扬州市人委接到通知后，决定由扬州城建局全面负责此项工作，并由朱懋伟具体和中国佛协对接。扬州城建局在1962年草拟出了一份鉴真纪念堂设计方案。方案的建筑透视图、平面图由何时建工程师负责，文字部分由邬先明工程师完成，建设资金估算表则由城建局规划设计课编制。

二位教授下榻在西园饭店。吃过午饭，梁思成便要到法净寺。朱懋伟带领二位在寺内转了一圈。重点是在欧阳祠以东的一块约二亩地的空地以及报本堂、平远楼，还特意把他们带到平远楼东南边看"印心石屋"碑。朱懋伟边走边说，鉴真纪念碑不宜按北方高大雄壮的样式竖碑，这样就与周边的环境不协调，也与扬州园林建筑兼具"北方之雄南方之秀"的风格相悖。梁思成在碑前端详了许久，轻轻地点了点头。

从法净寺返回，已是飞鸟归林，日薄西山了。

翌日清晨，梁思成将朱懋伟、何时建、邬先明三人叫到他的房间，向他们详细介绍纪念碑的设计理念，并拿出连夜绘就的纪念碑草图，逐一解释，不时在图上添加"虚线是侧面立面线下面须弥座请画完、相对称。侧面恐太瘦！""这里画窄了（画的是7CM），请改为7.5CM"等文字，还特意交代施工中需要注意的细节，并将草图交给了何时建，请他来完成纪念碑的正图。

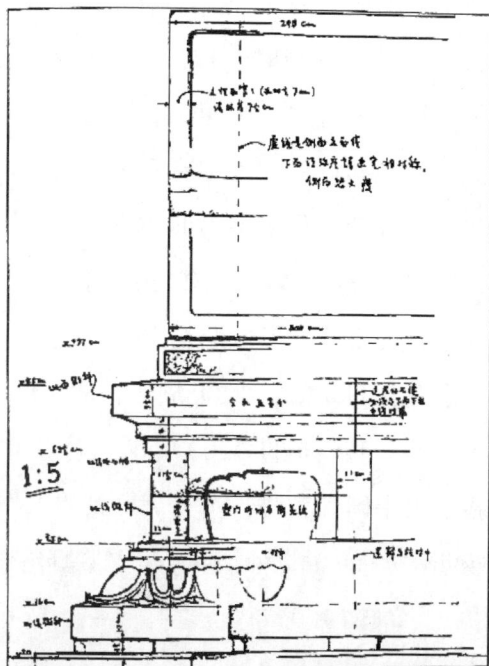

梁思成先生设计的鉴真纪念碑草图
（何时建先生提供）

在扬州市城建档案馆，笔者查阅到 1963 年 7 月何时建存档的"鉴真纪念堂建筑工程底图"（共 12 幅）。其中比较重要的是"鉴真纪念馆总平面图"，图右下角标注是"62.9. 何时建"。这是"扬州方案"的主要依据，图上标明以平远楼、报本堂、碑亭、纪念堂为纵轴，碑亭与纪念堂周以长廊相接，但纪念堂只有三间，面积 200 平方米，预算 7 万元。在另一幅"鉴真纪念馆门厅设计 63.5.15"图中，可以看到石碑的侧立面碑 85 厘米 ×170 厘米，有"碑帽"。那次谈话以后，1983 年 7 月 8 日根据梁思成意见，何时建重绘"鉴真纪念馆门厅构造图"时，"碑帽"已去除，样式也改成施工图了。

妙语连珠小盘谷

梁思成到扬州一次不容易，他还兼任中国土建学会会长，扬州城建局与扬州市土建学会邀请梁先生给从事土木建筑工程的同仁们作一次学术讲座，参加人数有 30 人左右，地址就在丁家湾小盘谷临水三间的花厅里。如今，已是年过八旬的原扬州建筑设计院副总建筑师钱贻俊回忆那段往事，恍如昨日。他有幸聆听了大师的讲课。

刚开始，梁先生就说："同志们要我到这讲课，心里有点忐忑。想起小时候，我的祖母常说我的一句话'平时不烧香，临时抱佛脚'。"说着就双手抱起桌子上的茶杯："这就是佛脚，我现在的心态就和我当年祖母教训我时一样"，一番诙谐逗乐的开场白，引得哄堂大笑。

梁先生侃侃而谈，谈到 1901 年 4 月出生在日本东京。还说，明治末年（1912 年），在父母的带领下，到过奈良，正遇某佛寺在修大殿，父母曾以一圆的香资，让我在那次修建中的一块瓦上写下了自己的名字。半个多世纪过去了，我童年的绵绵心意还同那瓦片一样留在日本。我不知道当年是否到过唐招提寺，但是今天当我纪念鉴真而执笔的时候，我仿佛又回到童年，回到奈良去了！听者无不为梁先生细腻而坦率的谈吐所折服，报之以热烈的掌声！

话锋一转，梁先生说，在座的有不少都是建筑师，大家都说要敬业，那建筑师的"业"是什么呢？直接地说是建筑物之创造，为社会解决衣食住行三者中住的问题，间接地说，是文化的纪录者，是历史之反照镜。所以你们的问题十分地繁难，你们的责任十分重大呀！

他又说，在实践中要增加对旧建筑结构系统及平面部署的认识，这些在工程上及美术上的措施常表现着中国的智慧及美感，值得我们去研究。我们研究得越深入、越透彻，成果就越丰硕。就拿唐代的梭形柱来说吧，我第一次发现是1937年在山西五台山的佛光寺，它是仅存于世的唐代木结构佛殿。说到这里，他头微微上仰、眯着双眼，作左手抱柱、右手抚摸状，仿佛回到久违的时空之中。他边摸边说，唔！一碰到梭形柱，丝丝凉意入心头，它是那样柔和、平顺、圆润，又是那样惬意，沉思许久，梁先生仰天长叹："'温泉水滑洗凝脂'，谅不过如此也！"先生如入梦幻，学生如痴如醉，周遭寂静，掉下一根针也能听见，窗外水池里几匹锦鲤一动不动地在偷听……

钱贻俊个头不高，坐在前排，讲课结束后，梁先生还和他们一一握手，当钱工握着软绵绵、暖和和的双手时，心灵为之一振，眼前这人就是为共和国设计国徽、人民英雄纪念碑的人吗？他是那么学贯中西，又是那么和蔼可亲，他可是咱建筑界的泰斗呀！

锦绣文章姊妹篇

梁思成圆满地完成扬州之行的任务，匆匆返京。在以后不到二个月的时间里发表了两篇文章：《唐招提寺金堂和中国唐代建筑》和《扬州·鉴真大和尚纪念堂设计方案》，前文主要论述为什么要以唐招提寺金堂作为鉴真纪念堂的范本，后文则是如何把梁思成的构思落到实处。梁思成认为："对于中国唐代建筑的研究来说，没有比唐招提寺金堂更好的借鉴了……在鉴真大和尚圆寂一千二百年之际，我以兴奋的心情接受了中国佛教协会转来的日本朋友的嘱咐，不忖愚昧，欣然执笔，以表达我私心对于这位一千二百年前中日友好往来的伟大使者的崇敬以及对于日本朋友的深厚友情。"在后文里，梁说："扬州建设局的同志们曾草拟了一个方案……我现在所草拟的这个方案，严格地说，只是原方案的修正案而已。修正方案的要点仅在于纪念堂、碑亭、回廊的比例、尺度和建筑风格方面。因此，扬州建设局在方案草拟上，特别是在整体设计意图上，是主要的创意作者，我不过是略尽一臂之力。"

梁氏《扬州·鉴真大和尚纪念堂设计方案》的要点如下：

（一）鉴真在日本留下的最主要的遗物，莫过于唐招提寺金堂。它是日本建筑，也可以说是中国建筑。它是一千二百余年前中日文化交流的结晶，是中日两国人民文化、艺术间的血缘关系的重要标志。最初我设想，将金堂照原样式在扬州复制一座，可能是一个最好的办法。不过，由于山势的局限，如按金堂原大，就可以把地址占去约一半以上，布局将非常局促。因此，将面阔七间、进深四间的金堂，缩减为面阔五间、进深三间的纪念堂。金堂的总面阔为 28 米左右，纪念堂则面阔仅 18 米。在体量上，在法净寺组群中，次于大雄宝殿，欧阳祠居第三位。

（二）（三）（四）（五）略。

另附手绘图十幅。尤以扬州·唐鉴真大和尚纪念堂鸟瞰图、透视图、室内透视图、总平面图、纪念碑正面图最为珍贵。

余音

梁思成意识到 1963 年是完成不了鉴真纪念堂主体建筑的，所以在他的《设计方案》的文末说了这样几句话："在今年（1963年）只可能先将纪念碑立起来，以迎接十月间在扬州举行的纪念会。碑亭以及纪念堂、步廊，将于今后逐步施工。"而扬州方案则提出：一次性投资困难时，可考虑分期完成。但建设纪念堂经费申请国家投资。其余对平山堂内部如欧阳祠、西园及其他建筑的修饰以及五亭桥至平山堂道路绿化等由地方自筹解决，以便与纪念活动相适应。

梁思成于1972年1月9日病故于北京，生前没有看到自己倾注虔诚、崇敬之心的最后一部作品的完美问世。在山西大同梁思成纪念馆，第二展厅"不愧山河"的南山墙上，挂着一幅扬州鉴真纪念堂的照片，讲解员称这是"梁先生的遗作"。她说，因为梁先生去世前只是象征性地完成了一块纪念碑，他去世一年多才又动工兴建，完成了梁先生的夙愿。

1976年8月赵朴初作《酬陈从周工程师绘赠墨竹》诗一首，前面有一段小序："从周顷致书叶圣陶先生，告以扬州鉴真纪念堂前有余题记之碑石。其图案乃曩岁彼与梁思成教授急就于邗上者，以此因缘，索书拙作，并绘墨竹一帧托圣翁携赠，爰作此以报。"

笔者漫步蜀冈，在鉴真纪念堂前徘徊，发现在碑亭西南角新立了梁思成塑像，东南角立了赵朴初塑像，两像是一对，均为半身铜像，一人多高。梁先生的青石座上有"梁思成先生像"，落款是"罗哲文题"；赵朴初的青石座上有"赵朴初像"四个字，是集的赵先生的字，没有落款。

游人如织。堂前60年前日本友人种下樱花盛开，森本长老赠送的石灯笼长明灯一刻也没有熄灭过。它闪耀在中日两国人民的心坎上，照亮着世世代代友好的新征程。我们走过了海晏河清，也闯过浊浪排空、惊涛拍岸，一切如鉴真大和尚像那样安详、淡定。行笔于兹，耳际忽然响起60年前梁思成说过的几句话："今天，在中日两国人民之间的友谊之路上，美帝国主义和日本的反动势力却设下重重障碍。这是与两国人民的愿望相违的，让我们学习鉴真的崇高精神，粉碎一切人为的梗阻，为中日两国人民世世代代友谊的进一步巩固，为两国经济、文化、艺术、科学、技术的交流互助，并肩携手，努力奋斗！"③

大师高瞻远瞩，洞若观火，岂不壮哉！

作者简介：余志群，1944年10月出生，高级工程师。曾任《扬州建设志》主笔，扬州市古城保护专家库成员。在省市以上报刊发表文章百余篇，并多次获奖。著作有《驿桥春雨时》《扬州名店》等。担任《测海楼吴氏珍档解读》总纂，《马可·波罗中国行》《诗画大运河》等书的统稿。

---

③ 梁思成《扬州·鉴真大和尚纪念堂设计方案》

后　记

　　大明寺建寺迄今已有 1560 年，千年古刹，迭经兴废，饱经沧桑。清代李斗在《扬州画舫录》中称："诸山皆以为是寺为郡中八大刹之首"，可见山寺声名之盛。时至今日，大明寺仍巍然屹立于蜀冈之上，成为古城扬州仅存的著名古刹之一。岁月无情，佛法恒常。而今，大明寺鹤发童颜，香火炽盛，佛事兴旺，游客如云，中外驰名。

　　大明寺集佛教名山大寺与诸多名胜古迹于一身，融优美地理环境与绝妙人文胜境于一体，因而为海内外僧俗心所向往，受世界各地宾朋深情厚爱，走进大明寺，仿佛走进千年历史。盘桓寺内，寻古探幽，香烛祈祷，追思前贤，浮想联翩。远古的高冈，南朝的古寺，隋代的宝刹，唐朝的高僧，宋代的名堂，明朝的老树，清代的御碑，民国的先驱，当代的玉佛……隋文帝、鉴真、荣睿、普照、李白、刘长卿、高适、刘禹锡、白居易、欧阳修、苏东坡、智沧溟、道弘、石涛、康熙帝、乾隆帝、汪应庚、方浚颐、熊成基、常盘大定、韩国钧、郭沫若、梁思成、赵朴初、森本孝顺、能勤、瑞祥……一座寺庙，拥有如此丰富的历史遗迹、历史人物和历史故事，拥有如此深厚的佛学渊源与文化底蕴，这在众多寺庙中是不多见的。这是先贤留给大明寺的宝贵遗产，也是大明寺众僧和普通百姓的宏福。

　　为进一步宣传千年古刹大明寺，满足广大旅游者的需求，弘扬知难而进、百折不回的鉴真东渡精神，展示今大明寺之崭新面貌，我们编辑出版了《名人笔下的大明寺》，精选现当代国内外著名作家、文化学者描写讴歌大明寺的散文、随笔 13 篇，共近 9 万字，书中选配了反映大明寺的彩色照片 18 幅，以达到文字优美、图文并茂的效果。

由于时间仓促和水平有限，还有不少美文未能收入书中，实属挂一漏万。所选文章，也会存在这样那样的不足，敬请读者朋友批评指正。

本书的编辑出版得到了南方出版社、扬州大明寺、鉴真佛学院、恒通集团等单位的大力支持；鉴真佛学院常务副院长宗金林、扬州国书文化传播有限公司朱世生、陆海霞、郭芸等同志为本书的编辑出版做了大量具体工作，扬州报业传媒集团高级记者程建平先生为本书提供了精美图片，在此一并表示衷心的感谢！

编　者

2023 年 5 月 29 日